彼女が私を惑わせる

こかじさら

双葉文庫

目次

彼女が私を惑わせる

なぜ、彼女が

一体全体、彼女のどこがいいっていうの。

努力し続けた日々を否定されたような敗北感と苛立《いらだ》ち。彼女がテレビの向こう側でにこやかにレシピを紹介する姿を観るたびに、青柳美香子《あおやぎみかこ》は納得がいかない現実に身悶《みもだ》え奥歯を嚙むのだった。

「これからは、女性も自分で稼いで、自分の人生は自分で責任をとらないといけないんだと思うのよね」

美香子は、こんな母の嘆きとも思えるつぶやきを聞いて育った。

「ねえ、おかあさん。今日の夕ご飯はマカロニグラタンがいい」

「そうねえ。でも、また今度にしましょう」

「どうして？」

「だって、おとうさんがホワイトソース系のおかず嫌がるでしょ」

夕食のおかずはいつも父の好みが最優先された。

「今度の日曜日、デパートに連れてって」

「おとうさんに聞いてみないとわからないわ」

「おとうさんがいいって言ったら行く？」

「そうね。おとうさんが、いいって言ったらね」

母が外出するときは、父の許可が必要だった。

専業主婦だった美香子の母は、常に、父の顔色を窺って暮らしていた。何ひとつ自分で決められない人生はつまらなそうだったし、窮屈そうでもあった。

ただ、母が作る料理はとってもおいしかった。一緒に台所に立つのも好きだった。いなりずしに巻きずし、餃子にコロッケ、生姜焼きもハンバーグも唐揚げも……、料理のほとんどは、母を手伝いながら自然に覚えた。

母と一緒に観た「料理天国」「きょうの料理」「キューピー3分クッキング」などの料理番組は、学校の授業の何倍も面白かった。身近なお総菜から高級料理まで、よだれが出るほどおいしそうで、画面の向こう側にいる人に憧れた。

食い入るように料理番組を観ていた中学生の美香子に母が言った。

「そんなにお料理が好きなら、料理の道に進めばいいんじゃない。料理のプロになれば、食いっぱぐれることもないだろうし」

「料理の道……、料理のプロ？」

なるほど、と思った。

もちろん、そのときはまだ具体的な職業をイメージできていたわけではない。ただ、画面の向こう側に行けるかもしれないと期待に胸を膨らませた。そして、高校卒業後は迷わず短大の栄養科に進学した。

学べば学ぶほど食の奥深さにハマっていく。憧れはやがて目標となり、食のプロになるためだと思うと勉強も苦にならなかった。

イベントやメディア等で料理の演出をするフードコーディネーターという職業があると知ったとき、目の前がパッと明るくなった。まさに、それは子どもの頃から憧れていた料理番組に関われる仕事。進むべき具体的な道が見つかったと思った。

だからといってそう簡単にフードコーディネーターになれたわけではない。

短大で栄養士の資格を取得した美香子は、卒業後、栄養士として私立病院の給食室で働きはじめる。病院では、来る日も、来る日も、綿密なカロリー計算をし、患者の状態に合わせて材料を選び、一人一人の病状に応じた食事を作る。細心の注意を払って作る料理は、患者にとって楽しむためというより生きるためのものだった。

「昨日の魚の煮付け、ホントおいしかったよ」「食事の時間しか楽しみがないからさあ。

おいしいご飯が食べられるとありがたいって思うよね」と喜んでくれる患者の笑顔は嬉しかったし励みになったが、美香子の気持ちは満たされないどころか渇望感が増していった。このままでいいのか。これがやりたかったことなのか。テレビに関わる仕事がしたかったはずなのに、夢から遠ざかっているのではないか。そんな焦りと苛立ちが心の奥底で徐々に大きくなっていく。

今ここを飛び出さないと一生後悔する。心の声に背中を押され一念発起。フードコーディネーターになるために病院を辞め、スクールに通いはじめる。退路を断つことで自分自身にけじめをつけた。

その後は、テレビや広告の現場で活躍するフードコーディネーターの下で、貯金を取り崩しながら三年間のアシスタント修業。一日でも早く力を付けて独り立ちしたい一心で、休まず働いた。

独立後は、ケータリング、料理教室のアシスタントなどをしながら営業を続けたが、そう簡単に仕事がもらえるわけではない。テレビ局や広告代理店を地道に回り、チラシや食品会社のウェブサイトなどの仕事をこつこつ積み重ね、制作サイドとの信頼関係を築いていった。

いくつかの料理番組とドラマの食卓シーンなどの仕事で何とか食べていけるようにな

るまでには、短大卒業後、十年もの歳月を要した。目標としていた仕事に就けたからといって安心してはいられない。全てが制作サイドの演出次第。ディレクターの要望に応えられなければ次はない。厳しい世界だったが、どんな仕事も歯を食いしばってやり抜いた。自分で決めて飛びこんだ世界なのだからと。

フードコーディネーター志望の短大の後輩を二人アシスタントとして雇い、自宅のキッチンで下ごしらえをしたものをスタジオに持ち込み、それを仕上げて本番に臨む。本番では何が起こるかわからない上に、その場の思いつきで状況はどんどん変わっていく。料理が不得手なタレントに代わって材料を刻み、普段はほとんど料理をしない俳優でも失敗しない料理を考える。　差し替え用の料理をいくつも用意する。

　万全を期しても、収録時に予期せぬことが起こるなんてことは日常茶飯事。タレントがフライパンにくっついた餃子を無理矢理剝がしてしまい、オンエアに耐えられない無惨な仕上がりになることもあった。鍋つかみを使わずに鍋を持ち上げ、熱さのあまり鍋を放りだしてしまうこともある。ホットケーキを上手くひっくり返せないこともあった。タレントのミスも美香子たちのミスにされ、不機嫌な俳優に気を遣うマネージャーからは、「マイナスイメージにつながるような料理は勘弁してください」と釘を刺された。

本番で、ほんの数秒でも差し替えのタイミングが遅れれば、「グズグズせずに、さっさと差し替えて」と、ディレクターから容赦ない言葉を浴びせられる。

大量の食材を抱えてスタジオを走りまわり、重たい鍋やフライパンを使いこなす。何事も将来の糧になると自分に言い聞かせているうちに、ちょっとやそっとではへこたれなくなったし、男性並みの腕力と度胸もついてきた。

やっとの思いでつかみとったレギュラー番組に加え、特番の仕事がいくつか決まったときだった。アシスタントの一人がイタリアへ料理留学すると言い出した。

猫の手も借りたいほどの緊急事態に、「アシスタントを引き受けてくれる人を探しているんだけど」と、短大時代の友人数人にメールを送る。

すると、その中の一人から、「榎本佐和子《えのもとさわこ》さん、旧姓長谷川《はせがわ》佐和子さんって覚えてる？　専業主婦で、子どもが学校に行っている間の週三回くらいならって言ってるんだけど、それでもいいのかな」と、連絡が入る。

「長谷川佐和子さん？」

卒業アルバムで確認するまで、思い出せなかった。

「むずかしいことはできないけど、買い物や洗い物、料理の下ごしらえくらいならって言ってるようだから、それでもよければ連絡取ってみたら」と言われ、美香子はすぐに連絡を取る。新しいアシスタントが見つかるまでの急場しのぎのつもりだった。

三日後、美香子の自宅マンション兼仕事場のキッチンに佐和子がやってきた。

「こんにちは。おひさしぶり」近所にお茶でも飲みに来たようなのんびりした口調だった。顔を見てようやく、「確かにこんな人いたかも」と思うぐらい印象は薄かった。

小学三年生と五年生の二人の子どもがいる佐和子は、「子どもたちが学校に行っている平日の午前十時から午後三時までなら手伝えそうなんですけど……」と、何とも頼りない。要領が悪いアシスタントはかえって足手まといになる。段取りを組めない人を使うくらいなら、自分でやってしまった方が遥かに早い。美香子は迷いに迷った末、買い出しや下ごしらえをやってもらうことにした。

実際に働いてもらうと、主婦として毎日三食の料理を作っている割には仕事が遅い。よく言えばおっとりしていてマイペース、悪く言えば緊張感に欠けている。仕事の対価としてお金をもらうという意識が明らかに乏しかった。

しかも、「台所仕事の延長のようなことをしてお金がもらえて、余った食材を持ち帰ることができるんだから、とっても助かるわ。それに、普段は手が出ないような高級食材や高価な輸入品もいただけるなんて」などとあっけらかんと言う。

佐和子に手伝いをしてもらうようになって半年が経った頃、美香子はある料理番組のプロデューサー宅でおこなわれるホームパーティーで料理を任された。

出席者は三十人強。下ごしらえは一人で何とかなるにしても、当日、できたてのあたたかい料理をふるまうにはアシスタントが必要だった。猫の手よりはマシだろう。

「お子さんが休みの週末は無理よね」

駄目元で訊ねると、「夫に聞いてみるわ」佐和子はおっとりと答えた。

何でもかんでも、夫の了解を得ないといけないんだ。

イラッとしたが、口には出さなかった。

翌日、「夫が子どもたちの面倒を見てくれるって言うので、お手伝いできそうよ。プロデューサーさんのお宅でのパーティーって、どんな人たちが来るのかしら」と、まるで遠足に行く子どものような無邪気さで佐和子が言った。

プロデューサーの要望は、洒落《しゃれ》たパーティー料理ではなく普通の家庭料理。ハンバーグにエビフライにコロッケ、ポテトサラダに出汁巻き卵、いなりずしに巻きずしなどの定番メニューに美香子ならではのひと工夫を凝らしたレシピを考え、前日から一人自宅のキッチンで下ごしらえをした。

そして当日、佐和子を伴ってプロデューサー宅に向かう。

現地では、佐和子がハンバーグをあたため直し、フライやコロッケを揚げ、美香子が盛り付けを担当した。

「美香子がテラスでテーブルセッティングをしてたとき、山上《やまがみ》さんっていう編集者から、明後日空いてるかって聞かれて、空いてますって答えたんだけど……。私、誰かのピンチヒッターで料理の撮影をするみたいなの」

帰りの車の中で、佐和子が他人事のように言った。

「撮影って、どういうこと？」

美香子は聞き返した。

「私もよくわからないんだけど、お願いしてた人が入院したとかで、その穴を埋める人を探してたみたい。明後日撮影しないと間に合わないって言われて、私でよかったらってお引き受けしたの」

「なるほど、そういうことね。山上さんは生活実用誌の編集者だから、佐和子みたいな人がぴったりだと思ったんじゃない。特に、凝った料理を作るわけじゃないでしょ」

「ハンバーグとポテトサラダだって」

「だったら、佐和子でもできるんじゃない。一回だけのピンチヒッターでしょ」

美香子は疲れてクタクタだった。だから、よく考えずにテキトーに答えた。

「そうね。一回だけなら私でもできそうね」

佐和子も深く考えているとは思えなかった。

＊

しばらくして、読者アンケートの結果を聞いた美香子は目が飛び出しそうになった。ピンチヒッターの佐和子が作ったハンバーグが思わぬ評判となり、並み居る人気料理研究家の料理を抑えてベスト3に入ったというのだ。

生活実用誌の読者が求めているのは、手軽で誰にでも真似ができそうな料理だと聞いたことがある。でも、それが、アンケートの結果にこれほど如実に現われるとは。食のプロとして誇りを持って仕事をしているだけに複雑な思いがした。

「山上さんから毎号お願いしたいって言われたの。月に一度の撮影で済むからって」

「毎号……。それって連載ってこと?」

「連載っていうのかな。『我が家の定番おかず』とかってシリーズで、月に二、三品、家で作ってるおかずを紹介してほしいって。山上さんが」

美香子は自分の耳を疑った。

プロデューサー宅でのホームパーティーからわずか二カ月後のことだった。

いつかできたらなあ、と思っていた雑誌での連載を、佐和子がスタートさせるというのだ。いとも簡単に、いとも気楽に。

どういうこと? 納得できるはずがなかった。

しかし、当の佐和子は至って暢気《のんき》なまま。週に三日、美香子の下でアシスタントを続け、連載の打ち合わせや撮影の様子を楽しそうに話すのだった。

「山上さんって、すごいのよ。私の平凡な料理でもひと工夫で読者のハートをつかめるってアドバイスしてくれて。彼女みたいな人を敏腕編集者って言うんでしょうね」と感心したかと思うと、「スタイリストさんが持ってくる器に盛り付けて、プロのカメラマンが撮ると、どうってことない料理が見違えるのよね」と無邪気に喜んでみせる。

ってことは、佐和子じゃなくても誰でもいいってことじゃない。

嫌味のひとつも言いたくなる。

だからといって、嫉妬心を気づかれるのも、羨ましがるのも女が廃る。涼しい顔をして、「いいスタッフに恵まれて本当によかったわね」と微笑《ほほえ》むくらいの意地もプライドもある。

ただ、書店でこっそり佐和子の連載ページをチェックしたとき、胸の奥の方がざわざわっとさざ波立った。おっとりした容貌と小学生の子どもの母親でありどこにでもいるような平凡な主婦であるという佐和子のプロフィールが明らかに武器になっていたからだ。

読者の声を紹介するページには、佐和子の料理や佐和子への好意的なコメントが多く寄せられている。心穏やかではいられなかった。

お膳立てに乗っかっているだけなのに……。

冷静を装いながらも、佐和子の暢気な話を聞くたびにイライラが募っていった。

＊

「急で悪いんだけど、今月いっぱいでパート辞めたいの」

連載がスタートして二年になるかならないかの頃、突然、切り出された。

「家庭の事情……？」

美香子は理由を訊ねた。

「ううん、違うの。連載ページをまとめたレシピ本を出すことになったの。それで、追加のレシピを考えたり、撮影をしたりしなくちゃいけなくなって」

「レシピ本って、佐和子が？」

聞き返した声が裏返っていた。

「そうなのよ。連載の評判がいいらしくて。山上さんがイケるって判断して企画を通してくれたみたいなの。『家族の笑顔が弾ける食卓』とかって言ってたかな」

一冊の本を出版することがどれほどむずかしいかを身を以《もっ》て知っている。企画は簡単に通らないし、頑張ったからといって実現できるわけではない。

自分より先に佐和子がレシピ本を出すという受け入れがたい現実を突きつけられ、動揺した。信じたくなかった。でも、そこはグッと堪えて、淡々と伝えた。

「おめでとう。それはよかったわね。こっちのことなら心配しないで。ほかの人を探すから。佐和子は本作りに専念して」

「ありがとう。いままで、美香子のおかげでいろんなこと経験できて楽しかったわ」

屈託のない佐和子の笑顔が、その日はこの上なく残酷に思えた。


書店の料理本コーナーに平積みにされている『家族の笑顔が弾ける食卓』を目にしたときの悔しさは一生忘れられないだろう。

さすが敏腕編集者と噂される山上が手掛けただけのことはある。そのレシピ本のクレジットには、料理写真を撮らせたら右に出る者はいないと言われる超一流カメラマン、有名フードスタイリストにデザイナーと、今をときめくスタッフ陣が名を連ねていた。

エプロン姿の佐和子がにっこり微笑む表紙は、女性たちが憧れる生活を具現化したようにキラキラ輝き、しあわせ感が溢れている。

本名の「榎本佐和子」ではなく、料理研究家「榎本さわこ」と、ひらがなで表記されていたことにも驚かされる。あくまでも親しみやすく身近な存在だと印象づける戦略は中々のものだった。

いつか、自分の名を冠にした料理本を出版したい。そう思い続けた日々は何だったのか。あっと言う間に佐和子に追い抜かれてしまった。

三十万部突破！

数ヵ月後、書店で、料理研究家榎本さわこの『家族の笑顔が弾ける食卓』の帯の文言を見た美香子は、腰が抜けそうになった。

「佐和子の本が三十万部……」

はしたないとは思いながら、印税の計算をしていた。

「榎本さわこの料理本、かなり評判がいいらしくて、驚くような勢いで売れまくってるみたいよ。しかも、テレビのレギュラーも決まったとかで、各社から料理本のオファーが殺到してるんだって」

フードコーディネーター仲間からそう聞いてはいたが、信じたくなかったし、まさか本当にベストセラーになっていたとは夢にも思っていなかった。

その翌週、テレビ局の廊下で佐和子とすれ違った美香子は思わずその場に立ちすくんだ。

二人のアシスタントを従えた佐和子を、ディレクターが、「さわこ先生、こちらへどうぞ」と恭しく対応していたのだった。

「あっ、美香子」

気づかないふりをして通り過ぎようとすると、佐和子から声を掛けられた。

「あら、誰かと思ったら佐和子じゃない。久しぶり、元気？」

何とか笑顔を作ったものの顔が強ばっていた。

「うん、まあまあ。あっ、急ぐから、また」

咄嗟《とっさ》に、佐和子の靴とバッグに目がいった。どちらも雑誌で見かけたフェラガモの新作だ。

パートのアシスタントをしていたときは、量販店で買ったと思われるスリッポンにエコバッグだったというのに。

食材が入った籠を投げつけたい衝動に襲われる。

番組の裏方スタッフの一人に過ぎない美香子と、人気料理研究家としてテレビに登場する佐和子。髪の毛をひっつめて、シャツの腕をまくり、重たい鍋や食材を持ってスタジオを駆けまわる美香子と、ヘアメイクにきれいに化粧をしてもらい、テレビカメラの前で微笑む佐和子。

表と裏。光と陰。

出演者とスタッフでは、ギャラも待遇も月とすっぽん。美香子の胸の内では、波打ち際の漂流物のように、行き場をなくしたやっかいな感情が寄せたり引いたりを繰り返していた。

必死に勉強して管理栄養士とフードコーディネーターの資格を取得し、修業してきたというのに。プロとしての意地もプライドも木っ端みじんに打ち砕かれた。

私ではなく、なぜ、彼女が？

スタジオの隅で食材を刻みながら、奥歯を嚙んだ。

「榎本さわこ先生、自由が丘にキッチンスタジオ付きの豪邸を買ったらしいですよ」

料理番組のアシスタントディレクターから聞いたときには、湧き上がる嫉妬心を抑えるのが大変だった。

短大を卒業してからずっと、美香子は必死に働いてきた。ローンを組んで、やっと自宅兼仕事場用の2LDKの中古マンションを手に入れたのは五年前。猫の額ほどのリビングは、食に関する書籍や資料、仕事に使うキッチン用品で占領されている。一般住居用の狭いキッチンを工夫して使い、来る日も来る日も、レシピの開発や試作、番組用の下ごしらえに励んできた。

そんな日々が空しく感じられる。

なぜ、彼女が。考えても考えても理由はわからなかった。

「へえ、美香子、短大時代に栄養士の資格取ったんだ。栄養学の先生、厳しいって評判だったでしょ。私は専業主婦になるつもりだったから、取らずに卒業したのよね」

「確かに厳しかったけど、熱心でいい先生だったわよ」

「でも、普段、お料理するときカロリー計算なんてしないし、栄養素をイチイチ考えたりしないでしょ。美香子みたいにプロとしてやっていく人は別だけど、私には一生必要ない知識だと思う」

パートのアシスタントをしていたとき、カロリー計算をしていた美香子の傍らで、佐和子はあっけらかんと言い放った。

そんな佐和子が、今や女性たちの憧れの的。自由が丘にキッチンスタジオが完成してからは、雑誌の撮影も、テレビの収録も、すべてそこでおこなわれているというではないか。

一体、どれほどの広さと設備を有しているのだろう。

気になった。気になって仕方がない。榎本さわことなった佐和子が美香子を惑わせる。

管理栄養士としての知識もなく、修業して身に付けた腕があるわけでもない。テーブルコーディネートはフードスタイリスト任せ。にもかかわらず、世の女性たちが榎本さわこに猛烈に憧れているという現実にどう向き合えというのか。

時代の流れに上手く乗ったのも、敏腕編集者と絶好のタイミングで出会ったのも佐和子の運のよさなのかもしれない。百歩譲って、運も実力のうちだと認めるとしよう。だからといって、世の中、これでいいはずがない。真の実力を備えた者が認められないとしたら、何を信じて、何を目指して頑張れというのか。

何の後ろ立てもないフリーランスの身。名前が表に出ない食品メーカーのレシピ開発から食関連企業のウェブサイト、折り込みチラシ、ポスター、テレビCM用の料理制作まで、できる仕事は何でも引き受けた。いくら腕を磨いても、経験を積んでも、経費節減を理由にギャラは下げられる一方。それでも番組改編前には、料理番組やドラマのプロデューサーのもとへ足しげく通った。

「ロケでも、スタジオ撮りでも、どんな状況でも対応しますし、何でもやりますのでよろしくお願いします」

「えーと、君、名前、何って言ったっけ?」

「青柳です」

「あっ、そうだ。青柳さんだ。食べ歩きは視聴率が取れるんだけど、料理番組は厳しいんだよね。経費や手間が掛かる割には数字が取れなくてさあ」

「そうですか……。でも、もし何かありましたら声を掛けてください」

「いまどきは、作るより買って食べた方が安いって言われてるしね。そうだ、君、榎本さわこって料理研究家知ってる? 彼女みたいに人気がある人が登場するならともかく、そうじゃないと企画も通らなくてね」

榎本さわこって料理研究家知ってる? ですって! 知ってるわよ。よーく知ってるわよ。料理の腕も知識もないってことも、誰よりもよく知ってるわよ。

嫉妬もこじれると憎悪に変わっていく。

経費が削られ、生存競争が激しくなるにつれ、実績と実力を備えたフードコーディネーターでさえ廃業や転職を余儀なくされるほど現実は厳しさを増している。そして、ついに、美香子もアシスタントを雇う余裕がなくなり、何もかも一人でやるしかない事態に追い込まれた。

そんな現実に負けまいと、踏ん張っていたある日の午後。美香子は、翌日の料理番組収録時に必要な輸入品のオリーブオイルとチーズを買うために、軽自動車を運転して都心にある高級スーパーに向かった。

地下の駐車場に車を停め、売り場に向かうエレベーター方向に歩いていくと、視線の先に佐和子がいた。咄嗟に柱の陰に身を隠した。

私、なんで隠れてるんだろう……。

自分の行動が解せなかった。

ただ、そうせずにいられなかったのは、佐和子がマネージャーらしき女性の運転する高級車から降りてきたところだったからだ。しかも、マネージャー以外にも二人のアシスタントを従えている。

佐和子御一行がエレベーターの中に消えてしばらく経ってから、売り場に向かった。

美香子の下で、佐和子がパートのアシスタントをはじめた頃、このスーパーへの買い出しを頼んだことがあった。そのときの佐和子は、まるではじめてアミューズメントパークを訪れた子どものように興奮して帰ってきた。

「すごくドキドキしたわ。でも、地元のスーパーではお目に掛かれない調味料や食材がきれいに並べられていて楽しかった。その値段にも驚いたけど、よく雑誌で見掛けるモデルさんとすれ違って、やっぱり有名人はこんなお店で買い物してるんだって見とれちゃった」

つい四年ほど前のことだった。

美香子は、オリーブオイルとチーズを手に取ると急いでレジに向かう。

「さわこ先生、パプリカはこれでよろしいですか?」

「そうね。もう少し色のきれいなものがあるといいんだけど」

振り返ると、アシスタントの女性が佐和子に確認しているのが見えた。

二人のアシスタントが押すカートは、食材や調味料で溢れかえっている。

家庭料理が聞いてあきれる。一体、食材にいくら費やすつもりなんだろう。

「さわこ先生、ついでに発酵バターも買っていきましょうよ。フランス産のものはここでしか手に入らないので」

軽自動車を運転して自宅マンションに戻る間も、佐和子のアシスタントの甲高い声が耳にこびりついて離れなかった。

その日は深夜まで翌日の収録に使う食材の下ごしらえをし、クタクタになってベッドに倒れ込んだ。心底疲れているにもかかわらず、佐和子の顔がちらつき、なかなか寝付くことができなかった。

そんな出来事があった二週間後、知り合いの管理栄養士に誘われて、美香子はある電機メーカーの新作発表会に出席した。

会場では、カロリーを抑えながら短時間でグリルが可能な家庭用オーブンや、手軽に離乳食やスムージーが作れるフードプロセッサーなどの新製品と共に、その製品を使用して作られた料理が紹介されていた。そして、メーカーの開発責任者や営業マンが興味のありそうな出席者を捕まえては、熱心に使い方や特色を説明している。

こんなオーブンがあったら、グリルも楽だろうな。

なんて思いながらオーブンを眺めていると、

「ご家庭用ですか?」営業マンらしき男性から声を掛けられた。

「家庭用というのか仕事用というのか、その中間あたりで……」

美香子は曖昧な答え方をした。

「こちらの製品は、家庭用、業務用、どちらにも対応可能ですので、ぜひパンフレットをお持ちください。ご興味がおおありでしたら、性能や使用方法など説明させていただきますが」

差し出された名刺には、「企画営業部課長　榎本修一《しゅういち》」とあった。

美香子は、普段、オーブンを使用していて気になる点、不便な点、改善してほしい点をかいつまんでその男性に伝え、こんな追加機能があったらいいのにと、いくつかの要望も付け加えた。男性は、熱心に美香子の話に耳を傾け、メモを取っていく。

誠実な人だな。

美香子は、好印象を抱いた。

「とてもお詳しいんですね。もしかして、プロの方でいらっしゃいますか。よかったら、ほかの製品についてもご意見やご要望をお聞かせください。実際に料理をしている方のご意見はとても参考になりますので」

「フードコーディネーターをしております」

「こうした新作発表会のほかにも、お客様の意見を聞く機会を設けておりますので、もしお名刺を頂戴できれば、案内状を送らせていただきますが」

「そうですか。では」

美香子は榎本に名刺を差し出した。

「青柳美香子さん……？」

榎本が首をかしげた。

「もしかして、妻の短大時代の同級生の？」

榎本に聞かれ、しばし考える。

「奥様の同級生？　榎本……って、まさか、榎本佐和子さんのご主人ですか？」

「はい、恥ずかしながら、そのまさかです。妻がたいへんお世話になっております」

榎本が丁寧に頭を下げた。

「お世話だなんて、とんでもありません。佐和子さんは今や女性たちの憧れの的で、私は一介の裏方稼業ですから」

「何ですかねえ。彼女のような素人が料理研究家だなんて。私にはよくわかりませんが、最近は、ゆっくり話をする暇もないほど忙しくしているようで」

「ご活躍で何よりです」

美香子はそれだけ言うと、榎本のもとを離れた。

偶然とはいえ、やはりおもしろくない。手渡されたパンフレットも名刺も駅のゴミ箱に捨て、自宅には持ち帰らなかった。一週間後に届いた榎本からの自筆のお礼状も空々しく感じられ、さっと眺めただけでゴミ箱に投げ入れた。

今や佐和子は料理研究家界の第一人者としてスター街道を驀進中《ばくしんちゅう》。美香子の遥か前方を走っている。

そんな非情な現実に屈したくはなかった。やりきれない気持ちを抱えたまま、美香子は目の前の仕事に没頭した。佐和子の存在を忘れたくて必死に働いた。

にもかかわらず、テレビCMや電車の中吊りなどが、嫌と言うほど目に飛び込んでくる。スーパーに行けば、榎本さわこが監修したという商品が並んでいるし、書店に行けば、榎本さわこの新刊が目立つところに平積みになっている。まるで美香子の苛立ちをあざ笑うかのように、料理研究家榎本さわこの存在は日増しに大きなものになっていった。

＊

街がハロウィーンで賑わう頃、美香子が仕事を終えクタクタになって自宅マンションに帰ると、郵便ポストに一通の洒落た封筒が入っていた。

送り主は、料理研究家榎本さわこ。自宅のキッチンスタジオでおこなわれる忘年会の招待状だった。センスのよい招待状は、ひと目で一流デザイナーによってデザインされたものだとわかる。

「美香子、ひさしぶり。どうしてますか？　忙しいとは思いますが、ぜひいらしてください。お待ちしてます」

洒落た招待状には不似合いな丸文字の一文が添えられていた。

さわこ先生を崇め奉る人たちが大挙して押し寄せるであろう忘年会。成功した佐和子に会うのは、正直気が重かった。

だからといって、行かないのもすねているようで大人げない。話の種に自慢のキッチンスタジオを見ておいても損はないだろう。そんな言い訳が必要なほど、佐和子に対する気持ちは複雑でこんがらがっていた。

地図を頼りに自由が丘から歩くこと十数分、お目当ての建物が目の前に現われた。

えっ、これが！

思わず笑ってしまう。豪邸と噂されているその建物は、美香子の想像を遥かに超えていたのだった。

一生ボロボロになるまで働いたとしても手に入れることはできない豪邸を前に美香子は天を仰いだ。

この大豪邸をレシピ本出版後わずか一年半で手に入れた佐和子は、もはや怪物と呼ぶしかない。怪物は別世界の人。同じ土俵で闘う必要などないのだと、自分に言い聞かせた。

顔だけ出して三十分ほどで切り上げよう。

気持ちを切り替えて玄関のベルを押す。

ピンポーン！

「どちらさまですか？」

「さわこ先生の短大時代の同級生で、フードコーディネーターの青柳です」

数秒後、ドアが開いた。

以前、都心の高級スーパーで見かけたマネージャーらしき女性が、「いらっしゃいませ。お待ちしておりました」と、笑顔で迎えてくれた。

その女性に促されて奥へ進んだ美香子を待っていたのは、これまた噂を凌ぐ設備と規模を誇るキッチンスタジオだった。まさに、主演女優を中心とした物語が上演される舞台そのもの。料理研究家榎本さわこを主役としたお芝居が繰り広げられるステージ以外の何ものでもなかった。

「美香子、よく来てくれたわ。ありがとう」

微笑む佐和子の言葉に嘘はないのだろう。

「これ、プロ仕様のクッキングペーパーなんだけど、すごく使いやすいのよ」

美香子は持参した「職人魂」を佐和子に渡す。高価なシャンパンや花束に対抗しても無駄だと思い、あえて実用的なものを選んだのだった。

「わっ、さすが美香子。すっごく嬉しい。プロ仕様のクッキングペーパーだなんて、実際に料理をしている人じゃないと思いつかないわよね」

はしゃいでみせる佐和子には、何の悪気も感じられない。

「私の短大時代の同級生で、私が心から尊敬するフードコーディネーターの青柳美香子さんです」と紹介するその横顔も屈託がない。

予想通り、あちらこちらに豪華な花束が置いてあった。

対面式の巨大なキッチンカウンターには、「ここは高級ホテルのビュッフェレストランか」と突っ込みたくなるほどの料理が並べられている。キッチンスタジオの中央に置かれた特注と思われる大テーブルは、高級シャンパンやワインのボトルで占領されている。

グラス片手に料理をつまみ、なごやかに談笑している人は、ざっと見回しても百人以上。ホームパーティーの域を超えている。

場違いなところにいる居心地の悪さ。一刻も早く引き揚げるが勝ちだと思ったときだった。

「青柳さん、本日はありがとうございます」

後ろから声を掛けられる。

振り向くと、そこに榎本修一が立っていた。

「あっ、いつぞやはたいへんお世話になりました。また、本日はお招きに与《あずか》りありがとうございます。でも、すごい人たちばかりで気後れしてたところです」

「商売目的の奴らばかりですよ」

修一が吐き捨てるように言って顔をしかめた。

「えっ……」

言葉に詰まった美香子に向かって、修一はまたも言い放つ。

「いい気になってると、すぐに足をすくわれますよ。みんな利用したいだけ利用して、利用できなくなるとポイッですから」

「はあ……」

美香子が呆気《あつけ》にとられていると、

「ねえ、パパ。何時《いつ》までこんなパーティーに付き合わなきゃいけないの」という声が耳に飛び込んでくる。

「岬《みさき》、こちらママの短大の同級生の青柳美香子さん」
修一から少女を紹介される。
「こんにちは。ママって短大時代どんな感じでした?」
「どんな感じって言われても……、普通の学生でしたけど」
突然の質問に、美香子は思いついたことをそのまま口にした。
「やっぱ、ママは普通なんだよね。それなのに人気料理研究家だなんて、分不相応って
いうか、イタいんだよね」
岬は自分の母親に対してかなり辛辣だった。
榎本さわこは、『家族の笑顔が弾ける食卓』『子どもたちがよろこぶお弁当』『家族に
人気の週末ごはん』などのレシピ本を次々に出版し、家族を何より大切にする普通の主
婦であることを戦略の柱に置いている。
でも……、この家族は世間が思っているほどうまくいっていないのではないか。
そんな直感が美香子を愉快にさせる。
「岬さんは、ママが作るお弁当を持って学校に行ってるんでしょ。ママがお料理上手だ
と嬉しいでしょ」
本音を聞き出したくて、けしかけてみると、

「嬉しい？　ありえない。あんな押しつけがましいお弁当。お昼はコンビニの菓子パンとかで済ましてるけど」と言って岬は唇をとがらせる。

「そうなんだ……」

「パパなんて、ここに引っ越してきてから家で夕ご飯食べたことないし。仕事が早く終わった日も、外でご飯食べて、ビール飲んでから帰ってくるんだから、笑えるでしょ」

もしかして、家庭崩壊の前兆ってこと？

美香子は内心ほくそ笑んだ。

「岬、ちょっといらっしゃい。渡辺プロデューサーがあなたにごあいさつしたいっておっしゃってるから」

テラスにいる佐和子が手招きしている。

「はーい。すぐ、行きます。美香子さん、ごゆっくり」

岬の後ろ姿を目で追った。

佐和子の傍らに立ち、嬉しそうにプロデューサーと談笑する岬。どっちが、本当の岬なんだろう。

修一は、気を遣ってなのか何かと話し掛けてくる。しかし、美香子は打ち解けることも、場違いなところに来てしまった居心地の悪さを解消することもできなかった。

三十分が限界だった。

出入り口の扉付近で手持ち無沙汰にしている修一に、「用事があるのでこれで失礼します」と断わって、美香子は豪邸を後にする。

大きな扉を開けて外へ出たとき、三階のベランダに人の気配がした。

見上げると、中学生くらいの少年が一人、ベランダの手すりに寄りかかるようにしてカップ麵を啜《すす》っていた。

重い腰を上げてやってきた甲斐があったというのは、ひねくれた考え方かもしれない。ただ、羨み、嫉妬していた佐和子の暮らしに綻びが生じはじめていることを発見し、肩の力が抜けた。勝手に主導権を握られているような気分になっていたことも馬鹿らしく思えた。

これからは、佐和子に惑わされずに生きていこう。

帰り道で見つけたラーメン屋に飛び込み、醬油ラーメンと餃子を注文する。お腹と心を満たしてくれた合計金額は、千円でおつりがきた。

＊

「会社で、髪結いの亭主って言われているんですよ」

カウンター席の隣に座った榎本修一が、麦焼酎のお湯割りを飲みながら苦笑する。

「髪結いの亭主？」

美香子は修一の言葉を繰り返した。

「意味、わかりますよね」と、修一が気まずそうに言った。

「はい」

「だから、決めたんです。東京を離れようって」

「どういうことですか？」

「先週辞令を受け取って、来月の一日付で四国の松山へ転勤になります。松山支店の支店長がこの夏定年になると知って、迷わず手を挙げました。妻には、自分で希望したとは言わず、『サラリーマン稼業、辞令一つでどこへでも行かなくちゃいけないんだ』って言うつもりです」

「そこまでして東京を離れたいんですか？」

「東京というより、あの家から脱出したいんです。自由が丘に引っ越してからずっと、帰る家がなくなってしまったような気がしていて……。子どもたちも同じなんじゃないかな」

「佐和子は、そんなご家族の気持ち知ってるんですか」

「どうかな……。知らないと思います。彼女は今、家族どころではないんですよ。裸の女王様っていうのかな。先生と呼ばれてその気になってますから」

さすがの美香子も、自分の妻を「裸の女王様」と言ってのける修一に返す言葉が見つからなかった。

「可哀想だと思いますよ。でも、事実ですから」

「可哀想？」美香子は少し首をかしげた。

「あれよあれよと言う間に人気料理研究家になって。気持ちが追いついていないんじゃないかな。自分の置かれてる状況に。海千山千のメディアや代理店の奴らに担がれて、利用されているだけなのに気づいていないんですよ」

「なぜ、佐和子にそのことを言ってあげないんですか？」

「……」

修一は答える代わりに、麦焼酎のお湯割りをチビチビと飲んだ。そして、しばらくすると、溜まっていた不満を吐き出すように話しはじめた。

「結局は、本人次第なんですよ。どんなにおだてられても、担がれても、自分を見失わない人はいくらでもいますから」

「でも、その担がれている人がほかでもない自分の妻の場合、忠告するのも夫の役目ではないんですか？」

しばらくの沈黙の後、「夫婦だから言えないんです。稼ぎの差が言えなくさせるんですよ」と言った修一が気まり悪そうに視線を逸らした。

塩辛をつまむ修一の横顔を美香子はじっと見つめた。

「妻に自分の年収の何倍も稼がれると、結構キツいものですよ。あの家を買うときも、妻は何もかも決めてから、『あなたに迷惑はかけない。土地代も改装費用も私の収入で賄えるから』って言ったんです。そのとき、あきらめたっていうのか、降りちゃったんです。あのウチで主導権を握ることを」

「そんな」

「情けないと思うでしょ。でも、同年代のサラリーマンと同じくらいは稼いでるんですよ。なのに、妻は言い切ったんです。『迷惑はかけない』って。端《はな》っから俺のことなんか当てにしてないってことじゃないですか。そんなこと言われて傷つかないほど俺は無神経でも、能天気でもありません。あなたにはわからないかもしれないけど……」

絞り出すように言った修一に向かって、

「わかります」

美香子はキッパリと断言した。

「結婚もせず、子どもも産まず、必死に勉強して管理栄養士の資格を取ったんです。フードコーディネーターのスクールに通って、師匠のもとで修業をして、やっと食べていけるようになったっていうのに。何の資格も持っていない佐和子が大先生になって。私が、一生身を粉にして働いても稼げないほどの収入をあっという間に手にして。あんな豪邸まで手に入れてしまったんですから、傷つかないわけがありません」

悔しさでこぼれそうになる涙をグッと堪えた。

修一が何も言わずに美香子のグラスに自分のグラスを合わせた。

美香子と修一が、家路を急ぐ人たちでごった返す銀座線の渋谷駅ホームで偶然一緒になったのは、ほんの二時間ほど前のことだった。

「あら、おひさしぶりです」

社交辞令程度のあいさつを交わして通り過ぎようとした美香子を、修一が誘った。

「ちょっと飲みませんか?」と。

その日、二人は誰にも打ち明けられなかった佐和子に対する苦々しい思いを共有できる相手に巡り会った。胸の奥の方にこびりついていたやっかいな感情を吐き出すことができた。そして、ほんの少しだけ気持ちが軽くなった。

存分に飲んだその夜、美香子をマンションまで送った修一は、妻が待つ自由が丘の豪邸には帰らなかった。

＊

豪邸脱出に成功し、松山転勤になった修一は、月に一度のペースで帰京する前日には、必ず美香子に電話を入れた。

「明日戻るんだけど、ちょっと飲みませんか？」と。

「奥様が待っているご自宅へ、まっすぐ帰った方がよろしいんじゃありませんか」

そのたびに、美香子は同じことを言った。

一度限りのつもりだったのに……、気づけば二年近く続いている。

メディアでは露出されることがない人気料理研究家榎本さわこ一家の実態を、夫の修一を介して知ることで溜飲を下げているだけに過ぎないのかもしれない。でも、それでもよかった。修一と飲む酒は、美香子のざわつく気持ちをやわらげてくれた。

修一も、松山での一人暮らしは案外気楽で快適なこと。本社とは異なり、職場の雰囲気もどことなくのんびりしていてストレスが軽減したように感じていること。長男の海《かい》人が隠岐《おき》の島にある全寮制の高校に入学したこと。さらには、この四月から長女の岬が神戸《と》の大学へ入学し、神戸で一人暮らしを始めたこと。自由が丘の豪邸の住人は佐和子一人になってしまったことなど、包み隠さず話してくれた。

「佐和子、寂しくないのかしら？」

「どうでしょう……。ゴールデンウイークにみんなで落ち合って、隠岐の島へ行こうと誘ったときも、すでに予定が入っているからって断られたからなあ。もはや、家族より仕事優先の生活が定着した感じですよ」

「そうなんですか？ 相変わらず、家族が大事って言ってますけど、それもイメージ戦略上のコメントなのかしら」

白々しいと思いながら、つい皮肉のひとつも言ってしまう。

「もちろん戦略ですよ。普通の主婦であることが彼女の売りなわけで。それがなくなったら価値も人気も下がるだろうから、その辺は案外したたかなんじゃないですかね」

修一は他人事のように淡々と答えた。

「で、隠岐の島へは佐和子抜きで？」

「はい。民宿に泊まって、三人で釣りをしながらいろんな話をしました。海人も、岬も、新たな環境での暮らしを楽しんでるようですし、民宿の女将さんが作ってくれた煮魚や刺身も旨かったし。海人なんて、『大学を卒業したら、隠岐の島に戻って来ようかなあ』なんて、本気とも冗談とも取れること言ってましたよ」

「そんなにいいとこなんですか？　隠岐の島って」

「豊かでいいとこです。島では、いらないものを欲しがらなくて済みますしね」

「いらないもの……ですか？」

「そうです。東京にいると、必要ないものまで欲しくなるでしょ。虚栄心なのか、張り合っているのかわかりませんけど。いらないものを手に入れるために躍起になって、自分を見失って」

必要ないものまで欲しくなる、か……。美香子は、修一の言葉を心の中で繰り返した。

佐和子とひょんなことで再会し、佐和子が料理研究家としてデビューするまで、美香子は裏方に徹する仕事に誇りを持っていた。

でも今は、佐和子が妬ましくて仕方ない。

勝手に張り合って、勝手に惑わされている。

「佐和子は何が欲しいんだと思います?」

修一に訊ねた。

「さあ……」

修一が困ったように顔をしかめた。

麦焼酎を飲みながら揚げ出し豆腐をつまんでいる修一は、美香子にとって近くて遠い人だった。世間から見れば、美香子と修一は付き合っていることになるのだろう。世に言う不倫関係というやつだ。でも、その自覚がなかった。何度身体を重ねても、修一に特別な愛情を感じることはないのだった。

意識的に歯止めをかけているのだろうか。

感情を抑制しているのだろうか。

そうではない。美香子にとって、修一は恋人でも愛人でもなく戦友。身勝手な言い分だと笑われるかもしれないが、共通の敵と闘う同志に過ぎなかった。

渋谷のいつもの店で一緒に酒を飲んだ修一が美香子のマンションに泊まった翌週、美香子は都心にある高級スーパーで買い物をする佐和子を見掛けた。いつも通り、二人のアシスタントが二台のカートを押して従っている。次々に食材を選びアシスタントに渡す佐和子は美香子に気づく気配がない。

美香子から佐和子に近づき声を掛けた。

「佐和子、ひさしぶり。相変わらず忙しそうね」

「あら、誰かと思ったら美香子じゃないの。美香子も買い出し?」

「まあね。普段は近所のスーパーで済ますんだけど、そこではどうしても手に入らないものだけここに買いにくるの。すべてをここで調達すると高くつくし、そんな余裕もないしね。佐和子はいつもここで買い出ししてるの?」

わかっていながら、あえて聞いてみる。

「いつもってわけじゃないけど。ここに来れば何でも揃うでしょ。だから、結局はここに来た方が早いのよね。それより、美香子、忙しいの? よかったら、たまにはウチに遊びに来ない?」

「ありがとう。でも、こう見えても貧乏暇なしなのよ。それより、さわこ先生こそ、分刻みでスケジュールをこなしているんじゃないの?」

「やめてよ。さわこ先生だなんて。実は、そんなに忙しいこともないのよ。下ごしらえや後片付けは彼女たちがやってくれるし、カロリー計算は栄養士さんにお願いしてるでしょ。収録や撮影も、スタッフが段取りを整えてくれるから」

「なるほど、そういうことね。そのうち、伺わせていただくわ。ご主人やお嬢ちゃん、岬ちゃんって言ったっけ、お元気？　変わりない？」

美香子は榎本家の状況をすべて知っていながら、佐和子の反応が見たくて、あえて家族の話題に触れてみた。

「ええ。おかげさまで。主人も子どもたちも元気でやってるわ」

「そう。それは何よりだわ。でも、仕事と家事の両立はたいへんでしょ。私なんて、仕事だけでも一杯一杯。もし、家族がいたら、手が回らなくてパニック起こすか、ブチ切れてるかもしれない」

「家族も応援してくれてるし、子どもたちも手がかからない年齢になったから、慣れてしまえばどうってことないのよ。それに、家族がいるから仕事も頑張れるの。家族が喜んでくれることが料理を作る励みなのよね」

佐和子はまるでインタビューに応えるかのように、家族、家族と連発した。

「さすがだわ。私にはとてもじゃないけど真似できない。じゃあ、そのうち連絡するわね。ご主人によろしく」

「ありがとう。必ず伝えるわ」

夫と子どもが出ていってしまった豪邸に、たった一人残されている現実など認めないとでもいうように、佐和子は、美香子に対しても笑顔を絶やすことなく円満な家庭の主婦を貫き通した。

＊

「だったら、俺のマンションに泊まればいいじゃないですか」

「まさか、そんなわけにはいきませんよ」

いつもの店で飲んでいたときだった。美香子が出張で松山に行くと伝えると、修一は迷うことなく単身赴任先のマンションに誘った。

「男一人所帯、何もありませんけど、案外、落ち着く部屋なんですよ」

「地方ロケは何が起こるか予測できませんし、自由時間があるかどうかも当日にならないとわからないので、仕事が終わり次第電話します」

「了解しました。では、当てにしないで待ってることにします」

「本当に、当てにしないでくださいね」

そんな会話をした。

実際、地方ロケは天気や現地での状況次第で、行ってみないとわからないことだらけだった。収録が早朝から深夜にまでおよぶこともあれば、突然、場所を移動するなんてこともざらにある。修一に会える公算は五分五分だろうと、期待はしていなかった。

にもかかわらず、松山でのロケは、全スタッフが驚くほどとんとん拍子で進み、軽く食事を済ますと早々にお開きになった。予備に取ってあった翌日の収録もなくなり、各自、東京に戻ることになるなど異例ずくめだった。

ディレクターやほかのスタッフたちは二次会に繰り出すようだったが、美香子は一人ホテルに戻り、思い切って修一に電話をする。

「十分後に迎えに行くので、ホテルのロビーで待っていてください」

とだけ言って、修一は電話を切った。

軽く化粧を直し、着替えて降りていくと、すでにロビーで修一が待っていた。

「随分早いんですね」

驚く美香子を見て、修一は照れくさそうに頭をかいた。

「三十分ほど前から、隣のすし屋であなたからの電話を待ってたんです」

「まさか!」

「本当ですよ。一刻も早くあなたに会いたいと思って」

思いがけないひと言に、自分でも驚くほど気持ちが高ぶっていく。そして、修一の手が美香子の腰に回されたとき、身体の芯が熱くなった。

二人はすぐにタクシーで修一のマンションに向かった。

会社が借り上げている2LDKのマンションは、男所帯の割にはきれいに片づけられていた。東京がホームなら、ここはアウェイ。自宅マンションに修一を迎えることには慣れている美香子だったが、こうして旅先で修一のマンションを訪れるのはとても新鮮で刺激的だった。

修一が取り揃えた地酒を飲むほどに、自由な気分になっていく。旅先の解放感もあって、いつもより酒が進んだ。

「明日のロケは何時からですか？」

「明日はオフで、夕方の便で東京に帰るつもりです」

「じゃあゆっくりできますね」

その日の修一は、いつもと違った。

とてもリラックスしていて、とても挑発的で、とても大胆だった。

美香子も修一の求めに応じた。

同志以外の何者でもなかった修一に、はじめて男を感じた。修一が佐和子の夫であることを忘れ、一人の女として修一を欲し求めた。東京に戻るまでの短い時間、修一を独占できる悦びと切なさに身体が震えた。

翌朝は、二日酔いのだるさまで心地よく感じられた。美香子は、修一がドリップした
コーヒーをベッドの上で飲みながら昨夜の余韻に浸っていた。

「午後からどうしても抜けられない仕事があって、空港まで送っていけないんだ」

修一が美香子の肩をなでる。

「気にしないで」と、答えようとした、そのときだった。

午前十時過ぎ。

ピンポーン！

玄関の呼び鈴が鳴った。

「誰だろう？　宅配便かな」

急いでパジャマを着ると、修一は寝室を出て玄関に向かう。

美香子はベッドの中から、開け放された寝室のドアをぼんやりと眺めていた。

「まだ、寝てたの？　随分優雅な生活してるのね」

玄関から、聞き覚えのある声がした。

「どうしたんだよ、急に。連絡も寄越さず来るなんて」

「びっくりさせようと思って。昨日、広島で仕事だったの。夜になって、松山が近いこ

とに気が付いて、ちょっと様子を見に来たの」

その声が佐和子だと気づいたと同時に、スリッパの音が玄関から廊下を通ってリビングに向かうのがわかった。リビングのソファーの上には、美香子の洋服が脱ぎ散らかしたままになっている。

まるで昼ドラみたい。

美香子は、他人事のようにつぶやいた。

ジタバタしてもしかたない。覚悟を決める。

数秒後、寝室に入ってきた佐和子と美香子の目がバチッと合う。

佐和子は、一瞬、狐につままれたような顔をしたかと思ったら、一秒後にはすごい形相で美香子を睨みつけた。

まあ、それはそうだろう。私がここにいるなんて夢にも思ってなかったわけだから。

「おはよう。佐和子。こんなところで会うなんて奇遇ね」

シーツに包《くる》まったまま、美香子が言う。

「どうして、美香子がここにいるの？」

「どうしてって、見た通りですけど」

佐和子が廊下にいる修一の顔を探るように見た。

「いつからなの……?」

修一は何も答えず、掌を上に向けて肩まで上げた。

「修・羅・場」の三文字が頭に浮かんだ。

美香子はフッと鼻から息を吐いた。

修一と美香子の秘密が、ついに佐和子の知るところとなった。潮時なのかなと思った瞬間、修一に対する気持ちも、昨夜の交わりも、遥か昔のことのように遠のいていく。

取り乱すと思った佐和子は、何も言わずに寝室を出ていった。

数秒後、玄関のドアがバタンと閉まる音がした。

佐和子は何を思いながら、マンションを後にしたのだろうか。

修一と美香子の関係が世間に知られることを一番恐れているのは、佐和子にほかならない。人気料理研究家榎本さわこは、女性たちの憧れであり続けなければならないし、素敵な旦那様と子どもたちを何より大切に思う普通の主婦でなければならない。世の女性たちが抱く榎本さわこ像を壊すわけにはいかないことを、佐和子は誰よりもわかっているはずだ。

「私もホテルへ戻ります」

美香子はそれだけ言い残すと、修一のマンションを後にした。

玄関で美香子を見送った修一の表情は、困っているようにも、ホッとしているようにも、面白がっているようにも見えた。

自分で定めた目標に向かって努力を重ね、淡々と生きてきた美香子の人生が佐和子の登場によって惑わされて早八年。修一との関係も二年ほど続いた。あの夫婦は何があっても離婚しないだろうし、佐和子は「何より家族が一番大切だ」と言い続けるだろう。

ホテルに戻るとすぐ、美香子はバスタブにお湯を張り、備え付けられていた入浴剤を振り入れた。ゆずの香りがバスルームに広がる。バスタブに身体を沈めると、冷え切っていた身体の芯がジワジワとあたたまっていく。

修一への思いが同志に留まっていれば、傷つくこともなかっただろうに……。

ひとつの旅が終わろうとしていた。

寂しさを一人抱えて生きていくことには慣れているはずなのに、シャワーを浴びている間ずっと、溢れる涙を止めることができなかった。

松山空港を離陸したJAL四三六便が徐々に高度を上げていく。

窓から見下ろす松山の街がミニチュアのように小さく見えた。人の営みも、男と女の関係も案外脆《もろ》くて壊れやすい。でも、人は再生する力も持っている。いままでも、壊れそうになっては踏ん張り、倒れては立ち上がって生きてきた。

こんなことでへこんでる場合じゃない！

美香子は感傷的になっていた自分に発破をかける。

ベルト着用のサインが消えると、一時間ほどで羽田に到着する。

「島では、いらないものを欲しがらなくて済む」

窓の外をぼんやりと眺めながら、修一の言葉を思い出していた。

「いらないものを欲しがらせたのは、佐和子、あなただからね」

もし、佐和子に何か言われたら、そう答えることにしよう。

そのときのことを思うと、なぜか自然と笑みがこぼれた。

いつか私も

こんなに買い込んで、一体どうするつもり。

商品が届くたびに、水原雪乃《みずはらゆきの》は自分で自分に突っ込みを入れる。

傍《はた》から見れば、明らかに買い物依存症。自分でもそれに薄々気が付いている。でも、買わずにいられない。

いつか必ず夢は叶うと信じて、雪乃にとって、買い物は理想の生活を手に入れるための先行投資。

雪乃が買い込んでいるものは、洋服やアクセサリー、有名ブランドのバッグや靴などでも、美容関連グッズでもない。すべてが、キッチンや食卓で使う料理関連のもの。一人暮らしをしている西荻窪《にしおぎくぼ》の2DKの賃貸マンションの一室には、理想の生活を実現するために必要なキッチングッズが足の踏み場がないほど溢れかえっている。

フランスの三ツ星シェフ、ポール・ボキューズ氏らとの共同開発で生まれたプロ仕様の「staub《ストウブ》」や、北欧を中心としたデザイナーの手による「DANSK《ダンスク》」の鍋、フランスのキッチン用品メーカー「LE CREUSET《ル・クルーゼ》」の鍋やフライパン、ケトルなど……。その数や種類は雪乃自身も把握できていない。

ほかにも、スケール、計量スプーン、計量カップ、キッチンタイマー、粉ふるい、ハンドミキサー、泡立て器、ボウル、ゴムべら、木べら、めん棒などのお菓子を作るための道具一式。柳宗理やクリストフルのカトラリーセット。国内外の有名窯元の器からテーブルセンターやランチョンマットなどのテーブル・ウェアまで……。その種類と量といったら、晩餐会が開けるほどだ。

いつか私も、榎本さわこのような料理研究家になりたい。なれるはずだ。なってみせる。そう信じて、キッチン関連グッズを買い続けていた。

当然のごとく、購買欲は食材や調味料にも広がっていく。最高級のエキストラバージンオリーブオイルにビオワイン、フランス直輸入のチーズにバター、有機栽培の国内産小麦粉や天然酵母で作られたパンやお菓子、期間や地域限定の調味料など、直輸入、有機栽培、天然酵母などの謳い文句や蘊蓄《うんちく》付きのものを見ると、買わずにいられなかった。

さらには、暇さえあれば、「榎本さわこ」「料理教室」と検索して、情報収集にいそしんでいる。後れをとると、一回の参加費が一万〜三万円と高額にもかかわらず、榎本さわこの料理教室は募集開始数時間で一杯になってしまうからだ。

料理教室の一回や二回、参加しないからといってどうなるわけでもないが、参加者がインスタグラムやフェイスブックにその様子をアップしようものなら、蚊帳の外に置かれたような疎外感に襲われて、居ても立ってもいられなくなる。

「さわこ先生と親しくお話ししました」

「さわこ先生特製のエスニックソースをかけると、いつもの春巻きが大変身」

こんなコメントと共に、榎本さわこと一緒に写った写真や料理の写真がタイムラインに流れると、自分だけ置いてきぼりをくったような気持ちになる。

そんなときは、「今日は仕事で参加できずに残念。でも、さわこ先生の新刊に載っていたパクチー焼きそばを作って食べたので、とってもしあわせな気分」と投稿し、気持ちを鎮める。どんなに疲れていてもスーパーまで自転車を飛ばしてパクチーを手に入れ、ここぞとばかりにランチョンマットと箸置きを用意して、いろいろなアングルから写真を撮り、最もお洒落な一枚を投稿して溜飲を下げる。

誰と張り合っているのか、何を張り合っているのか、自分でもよくわからない。ただ、SNSに投稿することでしか、料理教室に参加できなかった悔しさを晴らすことはできないのだった。

雪乃の日常は、榎本さわこというカリスマ料理研究家と彼女に傾倒する女性たちによってそのほとんどを占められている。レシピ本やスタイルブックはもちろん、榎本さわこ監修のキッチングッズから榎本さわこが薦める食材まで、何でもかんでも手に入れた。

榎本さわこのような料理研究家になるためには、すべてが必要不可欠に思えた。

＊

子どもの頃から、雪乃にとって百貨店は胸躍る場所だった。特に、地下の食料品売り場は大、大、大のお気に入りで、ケーキやチョコレートなどのお菓子はもちろん、水原家の食卓には滅多に登場しないお惣菜や食材を見ては、どんな味がするのだろうかと胸をときめかせていた。

「わー、きれい！ クレヨンみたいにたくさんの色がある」

ある日、デパ地下でお行儀良く並べられたカラフルなお菓子を発見して声を上げると、

「これはマカロンというフランスのお菓子ですよ」と店員さんが教えてくれた。

「フランスにはこんなきれいな色のお菓子があるんだ」。鼻がくっつくほどの勢いでショーウインドウを覗き込み、しばらくそこから離れられなかった。

カヌレにシュトーレン、ブルーチーズにエスカルゴ、キッシュにローストビーフ、生春巻きにグリーンカレーなど、世界各国のお菓子や料理をはじめて目にしたのもデパ地下だった。

だから、第一志望の百貨店から内定通知が届いたときのことは、入社後十年以上経ったいまでも、つい昨日のことのように覚えている。

保育士だった雪乃の母は、お世辞にも料理上手とは言えなかった。

焦げた鍋に入ったままの煮物がこたつの真ん中にドンと置かれるのも日常茶飯事。器や盛り付けにも無頓着で、スーパーで買ってきたお惣菜は器に入れ替えることもなく、パックのまま食卓に並べられた。取り皿は地元信用金庫が新年に配る粗品だったし、コップは近所の酒屋さんからもらったものだった。

それでも小学校、中学校の頃は、どこのウチも同じようなものだと思っていた。しかし、高校に進学し、クラスメイトたちのお弁当を見て愕然とする。夕飯の残りの煮物や揚げ物が無造作に詰められた雪乃のお弁当に対して、クラスメイトたちのお弁当は彩りも豊かで、詰め方にも工夫がこらされていた。ニンジンやインゲンがクルクルと巻かれた肉料理やギザギザにカットされたゆで卵、串に刺されたブロッコリーやミニトマトなど、見た目にも十分気を配っていることがわかる。

「ねえ、お弁当、自分で作るの？」

「ううん、母親だよ」

「こうしてほしいとか言うの?」

「好きなおかずのリクエストはするけど、それ以外はお任せかな」

なんで、ウチだけが……。

お弁当の時間が日に日に憂鬱になっていった。

「友だちのお弁当、ミニトマトとかパプリカとかが入ってて、すごくかわいいんだよ」

それとなく母に言ってみるが、

「そうなの。でも、ミニトマトやパプリカじゃお腹いっぱいにならないでしょ」

予想通りの答えが返ってくる。

お腹がいっぱいになるならないの問題ではない。友だちと一緒に食べるときの乙女心を察してほしい。雪乃が母親に求めていたのは、そんな些細なことだったというのに、思春期の娘の気持ちに、母は一向に気づく気配がない。

それっきり、母に期待するのをやめた。

それからは、自分で詰めるようにしたが、お小遣いで食材を買うのも、自分で一から料理するのも限界がある。ふりかけで色味を加えたり、レタスを敷いた上に揚げ物を載せるなど、詰め方を変えるのが精一杯だった。

大学入学後、仲良くなった前田夏実《まえだなつみ》は服装も持ち物もシンプルなのに、なぜか垢抜けている。学食でカレーやラーメン、日替わり定食を食べる雪乃に対して、夏実はいつも母親手作りのサンドイッチやおにぎりを持参していた。

しかも、前田家のサンドイッチやおにぎりは、水原家のものとはかなり違っている。スモークサーモンとクリームチーズが挟んであるベーグルサンドだったり、肉そぼろや明太子、高菜が混ぜ込んである三色おにぎりだったりで、母親の何気ないセンスが光っていた。

ラーメンをすすりながらも、つい夏実のお弁当に目がいってしまう。

夏実の母親って、どんな人なんだろう……。気になってしかたがなかった。

「英語のレポート、ウチでやらない?」

夏実から誘われ、前田一家が住む都心のマンションを訪れた雪乃は、玄関に入った瞬間、そのセンスのよさに衝撃を受ける。玄関マットもスリッパも飾られていた絵画も、夏実の服装同様、シンプルで垢抜けていた。

通されたダイニングキッチンは、決して広いわけではないのに落ちついた雰囲気のアンティーク家具で統一され、テーブルには糊の利いたアイボリーのクロスが掛けられている。テーブルの真ん中に置かれた小さなガラス瓶には一輪のフリージア。自分のウチとのあまりの違いに呆然とした。

私もこんなウチに生まれたかった。羨ましさが妬ましさに変わっていく。

「雪乃さんは、アップルティーとアールグレー、どっちがいいかしら？」

「えっ、アップルティー？　どちらでも結構です」

夏実の母親に聞かれ、蚊の鳴くような声で答えた。

雪乃にとって、ウチで飲む紅茶と言えば庶民派ブランドのティーバッグ。飲み方も、レモンティーにするかミルクティーにするくらいで、アップルティーやアールグレーは、お洒落なカフェで飲むものだと思っていた。

「ママ、じゃあアップルティーにして。それから、ケーキにホイップクリームはいらないから。ママの道楽のおかげで、最近カロリーオーバーなの」

「わかった。じゃあ、リンゴのコンポートだけにするわね」

リンゴのコンポート……？　頭の中で繰り返した。

夏実と母親のやり取りを羨望の眼差しで見つめる雪乃の前に、真っ白なティーポットと砂時計が静かに置かれた。

ティーバッグじゃないんだ……。

さらさらと落ちていく砂を見つめながら、なぜか気持ちが沈んでいく。

「雪乃、どうかした?」

「えっ、別に。どうして?」

「何だか、元気ないみたいだから」

「そんなことないよ。元気だよ」

「ならいいけど」

砂時計の砂がすべて下に落ちると、夏実の母親がティーポットとお揃いの真っ白なティーカップにアップルティーを注ぎはじめた。ティーカップの中で茜色の液体がさざ波のように揺れている。まるで、雪乃の気持ちのようにざわざわと。

「お砂糖はお好みでどうぞ」

夏実の母親がシュガーポットの蓋を開けると、中には花の形のメレンゲが施された角砂糖が入っていた。

「ウチのママ、かなりの少女趣味でしょ」

夏実が母親に聞こえないように小さな声でささやいた。

少女趣味でも何でもいい。こんなお洒落な暮らしがしたい。夏実の母親が雪乃の理想の母親と重なった。

「今日はちょっと膨らみが足りなかったみたいなの」

リンゴのコンポートが添えられたシフォンケーキをテーブルに置くと、夏実の母親は肩をすくめた。

ティーポットもティーカップもケーキ皿も決して華美なものではなかった。シンプルで使い勝手がよさそうで、かといって、実用性を重視した色気のないものでもなく、夏実の母親のセンスとこだわりが感じられるものばかりだった。

「ママ、しっとり焼き上がってるよ」

「ホント？　リキュールの量をちょっと増やしてみたんだけど大丈夫そう？」

キッチンで洗い物をしていた夏実の母親の声が弾んでいる。

「大丈夫だよ。リキュールの風味もちょうどいい感じだし」

「よかった」

母と娘の何気ない会話が、雪乃をざわつかせる。

恥ずかしくて、ウチには夏実を呼べない。

前田家のお洒落な暮らしぶりを目の当たりにしたことで、野暮ったいウチで育ったコンプレックスが雪乃の中で存在感を増していった。

雪乃の母親は、暮らしに関することに無頓着な人だった。お洒落なキッチングッズに興味を示すことも、器や盛り付けに気を配ることも、彩を考えて食材を選ぶということもなかった。食べることはお腹を満たし栄養を摂るための行為。食卓を彩ることが気持ちを豊かにすることに通じるとは思っていないのだった。

収入の差なら納得できるが、雪乃の家と夏実の家のセンスや質の違いは世帯収入によるものでなかった。チグハグな家具が無造作に置かれている雪乃の家と、すっきり片づけられている夏実の家。選ぶものひとつひとつが異なるだけで、こんなにも暮らしに差が出てしまうものかと、ショックを通り越して悲しくなった。

とどめは、「お口に合うかどうかわからないけど、たくさん作ったのでよかったらどうぞ」と、帰り際に手渡された水玉模様の小さなボックスだった。

バターのいい香りがする。家に着くまで待ちきれず、地下鉄に乗るとすぐ、中を覗き込んだ。すると、そこには、いろいろな形をしたクッキーが行儀よく並べられていた。

翌日も、学食でラーメンをすすりながら、つい夏実のお弁当に目がいってしまう。

「ねえ、夏実のママって、いつもあんな風にお菓子を作ってくれるの?」

「いつもってわけじゃないけど、週に二回くらいかな」

「そんなに?」

「そう、近所の人に教えてるのよ」

「お料理の先生なんだ」

「先生なんて立派なものじゃないわよ。資格を持ってるわけじゃないし。まあ、趣味のサークルみたいなものね」

「そうなんだ。でも、羨ましい。センスのいいママで」

「ウチのママってセンスいいのかな？」

「かなりいいと思うよ」

「そうかなあ……。私にはよくわからないけど」

「かなり、いい線いってる」

「ママに伝えとく。雪乃がそう言ってたって。きっと、大喜びして、ますます張り切っちゃうんじゃないかな」

母親のセンスのよさを当たり前のように享受している夏実が心底羨ましかった。日に日に強くなるお洒落な暮らしへの憧れ。女性誌や料理本を買い漁り、それを眺めることで、雪乃は現実とのギャップを埋めようとした。

女性誌に出てくるような暮らしを実現させる第一歩は、実家を出て一人暮らしをすること。その日を心待ちにした。

就職活動がはじまると志望業界を百貨店に絞った。子どもの頃から憧れていた場所で働きたかったからだ。

「人々の暮らしと直結している商品を扱う百貨店は、人の心を豊かにし、人に夢と希望を与えることができます。私もその一員として暮らしの提案をし、生活と人生の質を向上させるお手伝いをしたいと思ってます」

面接官に思いの丈をぶつけた。

雪乃の熱い思いが通じたのか、第一志望の百貨店への就職が決まり、念願の一人暮らしをスタートさせる。心躍る商品に囲まれて仕事ができる。期待に胸を膨らませて入社式に臨んだ。

しかし、配属先は、第一希望の家庭用品売り場でも第二希望の食料品売り場でもなく、バックオフィスの中でも最も地味で厳しく堅苦しいことで有名な経理部だった。お洒落なキッチングッズや食品に囲まれて仕事をしたいという夢は叶わなかった。期待が大きかっただけにかなり落ち込んだ。面接であんなにアピールしたのに、売り場には向かないと思われたのだろうか。満たされない気持ちが雪乃を駆り立てていく。

自分のセンスで選んだものに囲まれて暮らしたい。夏実の母親のような料理上手な女性になりたい。そんな夢を叶えたい一心で、料理関連グッズを買い漁り、片っ端から料理教室やお菓子教室に通って腕を磨いた。合コンに出掛ける同僚たちの誘いもすべて断って、料理作りにのめり込んでいった。

その甲斐あって、誕生日やクリスマスに作るケーキは、「プロ級だ」と褒められ、職場のお花見に持参した重箱三段重ねのお弁当は、「そこらの料亭よりよっぽどおいしい」と絶賛された。

もしかして、私、料理のセンスいいかも？

その気になって、仕事以外の時間をすべて注ぎ込んだ結果、社会人五年目に突入するころには、フレンチ、イタリアン、エスニックから茶懐石、ケーキにパンにチョコレート、和菓子に中華菓子に至るまで、その道のプロが講師を務めるありとあらゆる料理教室を総なめにしていた。

「雪乃さんって、包丁さばきがプロ級ですよね」

「そんなことないです。淳子《じゅんこ》さんの方がお上手ですよ」

顔なじみが増えるにつれ、競争心も湧いてくる。口先で褒め合いながら、心の中では私の方が上だと根拠のない自信を振りかざす。

「先生のお話を聞いてすぐ作れるなんて、雪乃さん、さすがです」

講師を驚かすような腕前を発揮し、参加者からも一目置かれるまでになると、その快感がさらに雪乃を駆り立てていく。

「百貨店をやめて、料理を教えた方がいいんじゃないですか」

「水原さんなら、きっと多くの生徒さんがつくと思いますよ」

社交辞令を満更でもないと思いはじめていたころ、書店でひときわ目を引いたのが、料理研究家榎本さわこのレシピ本『家族の笑顔が弾ける食卓』だった。

誰もが作れそうな家庭料理のレシピ本ながら、ひとつひとつの料理がまるで魔法が掛けられたように輝いて見えた。料理の写真もブックデザインも、スタイリングも料理手順を紹介するプロセスカットもほぼ完璧。雪乃が理想とする世界がそのまま再現されていた。

榎本さわこってどんな人なんだろう。興味が湧いた。と同時に、この程度の料理なら私にも作れると思った。

榎本さわことつながりたい。『家族の笑顔が弾ける食卓』に挟まれていた読者ハガキに感想を書いて送ってみた。すると、後日、出版社から榎本さわこの料理教室の案内がメールで届いた。

「読者限定五十名様を申し込み順で料理教室にご招待！」

すぐに出版社のウェブサイトから申し込みをし、当日は、ファンレターをしたためて会場に向かった。雪乃の前に現われた榎本さわこは、お洒落なレシピ本のイメージとはかけ離れた、色んな意味でごく普通の女性だった。

包丁さばきも、手際も、料理に関する知識も、雪乃が通う料理教室のプロの講師たちとは雲泥の差。出来上がった料理も普通すぎるほど普通でちょっとがっかりした。

この程度で本が出せるんだ。

それが、素直な感想だった。

榎本さわこは、どのようにしてレシピ本を出版する機会を得たのだろう。なんてことを考えながら試食をしていると、隣の女性から声を掛けられた。

「もしかして、あなたもよく料理教室とか行きます?」

「ええ、まあ」

「だったら、これから情報交換しません? 私、フェイスブックで料理好きのグループを立ち上げようと思ってるので」

三日後、「榎本さわこファンクラブ」というグループページが立ち上がると、微笑む榎本さわこと彼女を囲む女性たち、当日作った料理が次々に投稿される。

「羨ましい。私も参加したかった」

「さわこ先生も参加した女性たちもみんな笑顔が素敵」

さわこファンのコメントが書き込まれていく。

榎本さわこ初の料理教室に参加した優越感。気づいたときには、雪乃も「さわこ先生ともゆっくりお話しできて、お料理も最高で、とっても楽しい時間でした」と投稿していた。榎本さわことのツーショット写真と共に。

これが、きっかけだった。

「いいね！」の数が未だかつて経験したことのない高揚感をもたらした。同じ志向の女性たちとつながっている安心感。いままで以上に料理にのめり込み、料理関連グッズ集めに夢中になっていった。

作った料理や買ったものをSNSへ投稿すると、必ず誰かが「いいね！」と認めてくれた。好意的なコメントも日に日に増えていった。料理愛を共有できる人とのつながりと、平凡な主婦から、あっと言う間に人気料理研究家になった榎本さわこの存在が雪乃に見果てぬ夢を抱かせた。

調理師や管理栄養士の資格を持っていなくても、センスがよければ女性たちからの支持を得ることができる。「いいね！」の数が、野暮ったい家庭で育った雪乃のコンプレックスをやわらげてくれた。

「今日は、さわこ先生の料理教室で習ったポテトグラタンを私なりにアレンジして作ってみました」「さわこ先生の本に載っていたイタリア製のフードプロセッサーを手に入れました。週末、使うのが楽しみです」「昨日は、さわこ先生のお菓子教室に参加しました。アップルパイおいしかった」。グループページには、これでもか、これでもかと投稿が続いた。

こんな素人たちに負けてはいられない。私の腕はプロ級なんだ。

沸々と湧き上がってくる対抗心。週末になると、社員価格で購入したキッチングッズを使って料理を作り、お洒落な器に盛り付け、何枚もの写真を撮りためた。

冷凍の肉うどんに白髪ネギをたっぷり盛り、柚《ゆず》の皮を載せてみる。飲みもしない冷酒を添えて準備オッケー。上から、斜めから、横からと何カットも撮っては出来上がりを確認し、撮っては確認しを繰り返した。

榎本さわこが得意とするハンバーグや生姜焼き、焼きそばなどを忠実に再現し、そこに雪乃オリジナルのサイドメニューを加え、もっともらしい食卓を整えて写真におさめていった。月曜日から金曜日まで、週末に撮りためた写真を毎日投稿し続けるために。

「雪乃さん、すごい！　毎日、こんなお洒落な料理作ってるんですか」「写っているフライパン、さわこ先生愛用のものと同じですよね」「ホント、センスいいですよね。お会いしたときに、いろいろ教えてください」。書き込みをチェックしては一人悦に入る。お洒落だと言われ嬉しくないはずがない。センスがいいと褒められたら、誰だっていい気分になるだろう。

徐々に、実生活では味わえない快感の虜《とりこ》になっていく。

いままでは、お花見や誕生日などの行事でもない限り、作った料理を褒めてくれる人はいなかった。自分で作って自分で食べる、こんな毎日の繰り返し。いくら料理好きの雪乃でも、自己完結で終わってしまう料理作りのモチベーションを保つのは大変だった。

それがである。

SNSに投稿すれば、「いいね!」と認めてくれる人がいる。好意的なコメントも寄せられる。代わり映えしない日常に光が射し込み、地味な自分にスポットライトが当たる。SNSに投稿することが、料理作りのモチベーションになっていくまでに、そう時間はかからなかった。

見栄を張って高級エキストラバージンオリーブオイルを買っては、出来上がったパスタの脇にさりげなく置き、わざと写り込むように写真を撮った。食通を装い、飲みもしない梅酒を作り、食べもしないラッキョウを漬け込み、その様子を写真におさめた。写真映えのする器を見つけると買わずにいられなかった。

「雪乃さんって、センスいいですよね」のひと言が雪乃を有頂天にさせる。自分の価値が高まっていくような快感は、経理の仕事では決して得られないものだった。

読者限定五十名の料理教室に参加し、思いをしたためたファンレターを榎本さわこに手渡した一ヵ月後、雪乃の元にお礼の手紙が届く。

「この間は料理教室に参加してくださってありがとう。『家族の笑顔が弾ける食卓』の感想、読ませていただきました。また、お会いできる日を楽しみにしています」

榎本さわことつながった高揚感は「いいね！」の百倍以上の威力があった。料理研究家への道がまた一歩前進したような気分にもなった。

ファンレターの返事はそれっきり来なかったが、読んでくれていると信じていた。

ある日、グループページに投稿があった。

「榎本さわこ先生の料理教室が近々開催されるようです。先着百名で、参加費は三万円。来月一日に以下のURLで申し込みを開始するみたいです」

三万円？

その金額の高さに雪乃は首をかしげる。高級食材を使用するわけでもない家庭料理の教室にこの値段はないんじゃないかと。

しかし、数分後、「わー、楽しみ。申し込み開始と同時にクリックしなきゃ」と一人が書き込むと、次から次に、「私も申し込みます」「会場でお会いしましょう」「さわこ先生とお目にかかれるなんて最高！」などのコメントが書き込まれた。

今回はやめておこうという気持ちと、乗り遅れたくない気持ちがしのぎを削る。三万円の出費は痛い。普段、買い物するときも思い悩み、躊躇《ちゅうちょ》する金額だ。

にもかかわらず、「私も申し込みます」と書き込んでいた。

理由は自分でもよくわからない。SNS特有の煽《あお》りに惑わされ、三万円の料理教室に誰よりも早く申し込んでいた。

料理教室当日、雪乃は午後半休を取って会場のホテルに向かった。万が一、残業にでもなれば三万円がぶっ飛んでしまう。

「あら、雪乃さん、お久しぶり。以前、会席料理の教室でご一緒した佐藤《さとう》淳子です。覚えてない？」会場入り口で声を掛けられる。

「あっ、淳子さん、もちろん覚えてます」

おぼろげな記憶だったが笑顔で答えた。

「雪乃さんのフェイスブック、毎日拝見してます。ホント、センスいいですよね」

「センスいいなんて、とんでもないです」

謙遜はしたものの、満更でもなかった。

「器選びも、食材の使い方も、プロ級だなっていつも感心してるんです。雪乃さんもブログやればいいのに。ブログランキングで上位になった人が続々レシピ本を出版してるみたいだけど、雪乃さんならすぐに上位に食い込むと思うし、出版社から声が掛かるんじゃないですか」

「レシピ本だなんて、私には無理ですよ」

お世辞だとわかっていながら、レシピ本の出版という夢のような話に自尊心がくすぐられる。

「本日は、〝榎本さわこと共に料理を愉しむ会〟にご参加いただきありがとうございました。おかげさまで二千を超える申し込みがありましたが、本日は、当初の告知通り先着百名様のみご参加いただいております」

MCのアナウンスに、会場にいた女性たちが視線を合わせる。

私たちは特別なんだ。徐々にそんな気分になっていく。

数分後、白いシャツにクリーム色のエプロンを身に着けたさわこが登場すると、女性たちが目を輝かせた。

その日、さわこが披露した料理は、「母から受け継いだ我が家のちらし寿司」「子どもたちと一緒に作る食べてびっくりいろいろ餃子」。そしてもう一品は、「さっぱり味のトマトソースで煮込むスコッチエッグ」だった。

その道のプロが講師を務める料理教室を総なめにしていた雪乃には物足りないものばかり。これに三万円の価値があるのかとの思いが頭をかすめたが、急いで打ち消した。二千人もの人が応募したんだからと自分を納得させる。

「写真撮影オッケーですので、どんどん撮って、どんどんSNSに投稿してください」

榎本さわこが仮設のキッチンで料理のデモンストレーションをはじめると、女性たちが一斉にスマホを掲げる。

写真を撮る音が絶え間なく続く。写真を撮りに来てるのか、料理の作り方を学びに来てるのかわからない勢いで、参加者たちは撮った写真をSNSに投稿しはじめる。

雪乃は、その様子を冷静に眺めていた。

SNSに、このイベントの様子をアップさせることで、今日ここに来られなかった人たちの気持ちを煽り、榎本さわこファンを増やそうという狙いなのだろう。

一品目のちらし寿司が出来上がる。

鮭のそぼろと、煎りゴマと大葉を酢飯にサクッと混ぜ込み、錦糸卵とイクラが彩りを添えている。作り方も材料も至って普通だったが、古伊万里の大鉢に盛り付けられ、漆の角盆に載せられると、まるで魔法にかけられたようにキラキラと輝きだした。気づくと、雪乃も女性たちに負けまいと、ちらし寿司の出来上がりを写真におさめていた。

二品目の餃子は、キャベツと挽き肉入りの定番と、子どもが好きそうなチーズとジャガイモと明太子入り、ビールのつまみにピッタリのアンチョビきのこ入りの三種類。味の予想がついた。三品目のスコッチエッグも、トマトの水煮缶で煮込むもので、これと言って目新しさは感じられなかった。

ただ、餃子もスコッチエッグも、センスのよい器に盛られ、ランチョンマットの上に置かれると、まるで舞台に上がった女優のように見る者を惹きつけた。

デモンストレーションが終ると、出来上がった三品が試食用のテーブルに並べられる。試食がはじまると、「いかがですか？　お口に合うかしら」と、榎本さわこが声を掛けて回る。

「はい、とってもおいしいです。一緒に写真を撮っていただけますか」

「もちろんよ」

榎本さわことのツーショット写真が再びSNSに投稿される。

タイムラインをリアルタイムでチェックしながら「最初の料理教室でお目にかかって、ファンレターのお返事をいただいた水原雪乃です」と、自分から声を掛けた。

「雪乃さん、もちろん覚えてるわよ。また、来てくださったのね。本当にありがとう」

榎本さわこと確かにつながっているという実感が雪乃を昂揚させ、フェイスブックへの投稿を加速させていく。さらには、淳子にそそのかされてブログまではじめてしまうのだから、いままで以上にネットに費やす時間と労力が増していった。

「さわこ先生お薦めの黒糖とおしょうゆで作った鶏の胸肉の煮込みです」「さわこ先生の新刊本に掲載されていたル・クルーゼのオレンジ色のオーバルで、シチューを作ってみました」「さわこ先生御用達の国産の有機小麦粉で焼いたパンで、休日のブランチをのんびり楽しんでます」

まるで誰かに求められているかのように、毎日欠かさず投稿し続けた。

「いいね！」の数が増え、ブログの順位が上昇する。と同時に、購買欲にも拍車が掛かった。

冷蔵庫は調味料や食材で溢れかえり、2DKの賃貸マンションは、足の踏み場がないほどのキッチングッズで占領されている。

こんな暮らしのどこがお洒落だって言うのよ！

ときどき我に返って突っ込みを入れる。

ただ、飛び乗った電車から降りる気にはならなかった。料理研究家になるために注ぎ込んだ時間やエネルギー、投資した金額を考えると、簡単に夢を諦めるわけにはいかないのだった。

現実の雪乃は、百貨店に勤務する会社員のままで、公私ともに何ひとつ変わっていなかった。部署も入社以来ずっと経理部のままだし、午前九時に出勤し、デスクに座りっぱなしで決められた業務をこなすだけの日々もずっと変わっていない。さらには、彼氏いない歴も更新中。人生を共にする相手を見つけることも、会社でのキャリアアップもあとまわしになっていた。

同期や同僚たちは、新しい企画を提案したり、昇格試験を受けたり、異動願いを出したりと、社内でのキャリアアップに勤しんでいる。

でも、雪乃の気持ちは完全に外を向いていた。いつか私も、榎本さわこのような料理研究家になるんだ。経理部で仕事をしている自分は、夢を叶えるまでの仮の姿に他ならないんだ。

終業時刻と同時にオフィスを飛び出して料理教室に通い、野菜ソムリエや唎酒師《ききざけし》などの資格を取り、理想と現実のギャップを埋めようと躍起になっていた。

ランチを一緒にとる同僚たちは実に冷ややかだった。

「料理研究家になれなかったらどうするの。酷な言い方かもしれないけど、ほとんどの人はなれないと思うんだよね」

言われなくてもわかっている。

「そんなに料理が好きなら、研究家なんて中途半端な職業じゃなくて、飲食店に勤めるとかすればいいんじゃない。それに、野菜ソムリエとかって、調理師や栄養士の資格と違って、それを持ってるからって就職に役立つわけでもないでしょ」

確かにその通りだった。

「メディアに登場する人気料理研究家の生活なんて、所詮、虚飾の世界でしょ。なんで、水原さんみたいに賢い人がそんな生活に憧れるかな」

呆《あき》れられていることも承知していた。

でも、もしここで夢を諦めたら、自宅を埋め尽くしているキッチングッズは、日の目を見ることがないまま埋もれてしまう。いままで費やした時間やお金をドブに捨てることになってしまう。

料理研究家を目的地とする電車から降りることは、いままでの自分を否定するようなもの。到底、受け入れるわけにはいかなかった。

＊

三十路となった雪乃の下に、大学時代の友人前田夏実から結婚式の招待状が届く。

えっ！　夏実が結婚？　気づけば、社会人になって十年近くの歳月が流れていた。

大学卒業後、夏実はイギリスの大学院で開発経済学を学び、ロンドンに本部がある国際NGOのバンコク支局の職員になった。夏実から届くクリスマスカードは、パキスタンやインド、アフリカなどからだった。

たまに覗いてみるNGOの公式ウェブサイトには、給食を配る職員と子どもたちの長蛇の列や、破壊された学校の壁を修復する村人の姿や、一冊の絵本を数人の子どもが覗きこむ様子などが紹介されていた。

ときどき帰国する夏実は、会うたびに無駄なものがそぎ落とされたように、身体も表情も引き締まっていく。言動からは、余計なモノなど必要ないという潔さが感じられた。

そんな夏実が自分より先に結婚するとは……。ほんの少しだけ胸がうずいた。

差出人は、石脇哲《いしわきてつ》と前田夏実の連名。「アフリカのケニアで出会ったのも何かの縁。これからは二人で協力しながら、ポレポレと人生を歩んでいきます」なんて一筆が添えられていた。「ポレポレ」とは、スワヒリ語でゆっくりという意味だそうだ。

夏実と石脇の結婚式は横浜の山下公園の一角でおこなわれた。日に焼けた肌にシンプルなコットンのウェディングドレスがよく似合う夏実は、とってもしあわせそうだった。

紹介された石脇は、身長百九十センチ近くある大男で、夏実が勤務する国際NGOの外資系スポンサー企業の社員だという。

「二人の共通点は、スーツケースひとつあれば生きられることかな」

「スーツケースひとつ？」

雪乃は思わず聞きかえした。

「そう。雨風を凌げる家と、数枚の洋服と、取りあえず向こう一週間くらい生きられるだけの食糧があれば何とかなるって思ってるから。二人とも」

「私には絶対無理！」

気づくと、口が勝手に動いていた。

「それに、哲さんは、いらないものは欲しがらない人なの。だから、私もどんどん持ち物が減って、いままで随分と余計なものを背負いこんでいたんだなあって気づかされたんだ」

「そうかな？　私はまだまだ欲しいものだらけだよ」

「たぶん……、私たちが欲しがっているものって、欲しいような気がしてるだけで、実際は、ほとんどいらないものなのよ」

「欲しいような気がしてるだけかあ」と言いながら、物に占領されている自分の部屋を思い浮かべる。

「雪乃、とにかく楽しんでいって。面白い人がたくさんいるから、後で紹介するわ」

「ありがとう」

出席者一人一人とにこやかに談笑する夏実と石脇の姿を目で追いながら雪乃は思った。スーツケースひとつで十分だと言い切った夏実は、自分よりずっと豊かな暮らしをしているのかもしれないと。


芝生広場に設営されたテーブルには、二人の友人たちが総出で作ったという世界各国の料理が並べられていた。テーブルの周りでは、個性的な風貌の人たちが思い思いに料理とお酒を楽しんでいる。

雪乃が紙コップに注いでもらったワインを飲んでいると、「料理もぜひ食べてください」と、真っ黒に日焼けした身体の大きな男性から勧められた。

石脇の大学時代の山岳部仲間だというその男性は、「俺たちの料理は、見た目は大雑把かもしれませんけど、味には定評があるんですよ。って自分で言うかって話なんですけどね。予算が限られていた合宿所では、最低限の材料で腹を満たす料理を短時間で作ることが要求されましたから、随分と鍛えられました」と言って、豪快に笑った。

「ありがとうございます。いただきます」

雪乃は揚げたてのサモサを紙皿に取り、ハフハフしながら頬張った。彼が自慢するだけのことはある。香辛料が効いたそのサモサはびっくりするほどおいしかった。最低限の材料で腹を満たす料理を短時間で作るか……。

痛いところを突かれ、思わず苦笑する。

芝生広場の中央では、ウェディングドレス姿の夏実が大きな口を開けてシシカバブにかぶりついている。「食べられるときに食べておかないと、いつ食べられるかわからないから」とでも言いたげな表情は、実にたくましくて美しい。

新郎の石脇はジャケットを脱ぎ、ワイシャツの袖をまくりあげて、カレーが入った大きな寸胴鍋をかき混ぜている。これがまた、気持ちよいほど豪快だった。

「みなさーん。これから新郎新婦がケーキカットをおこないますので、こちらにお集まりください」

司会者の声に促されて向かった先のテーブルの上には、小さなシュークリームを何段にも積み重ね、粉砂糖を雪のように振りかけたシューケーキが置かれていた。傍らには、優しい眼差しで二人を見守る夏実の母親の姿が。夏実が一番てっぺんのシュークリームを取り、石脇の口に運ぶ。

「よっ、ご両人！」

友人たちがはやし立てた。

「私も食べたい」

夏実が大きな口を開け、石膀がシュークリームを放りこむ。

「新婦のくせにお行儀悪いんだから」

夏実の母親が、お尻を軽く叩いた。

夏実のウチでお手製のシフォンケーキをごちそうになった日のことを思い出す。あのときの衝撃が、お洒落でセンスのいい暮らしに憧れるきっかけになったのだった。

「まあ、雪乃さん、お久しぶりです。あなたもぜひ召し上がって」

雪乃に気づいた夏実の母親がシュークリームを一つ小皿に取り分けてくれた。

「本日はおめでとうございます。このケーキ、おかあさまが作られたんですか？」

「ええ、まあ。私にはこんなことしかできませんから」と言って目を細めた彼女は夏実以上にしあわせそうだった。

「いただきます」

パリッとしたシュー生地を頬張ると、カスタードクリームと生クリームが二層になっているのがわかった。

百個以上のシューを焼くのはそう簡単ではない。夏実の母親は何を思いながら、このシューを焼いたのだろう。開発途上国で仕事をする娘の無事を祈ったのかもしれないし、嫁ぐ娘のこれからの人生に思いを馳せたのかもしれない。母親の思いが詰まったウェディングケーキは、娘のために お菓子を作り続けた母親の集大成なのだろう。

それに比べて自分は、誰かを思って料理を作っているだろうか。おいしいと言ってくれる人のために、笑顔で頑張ってくれる人のために料理を作ったことがあるのだろうか。愛する人のために料理を作る。誰かを思って料理を作る。そんな当たり前のことがスコンッと抜け落ちていることに気づき、ハッとする。

「みなさーん、今日は本当にありがとうございました。お帰りの際は、母が焼いたクッキーをお持ち帰りくださーい」

かなり酔っ払った花嫁の夏実が司会者からマイクを奪って、大声で叫んでいる。

「雪乃さん、これからも夏実のこと、よろしくお願いしますね」と渡されたクッキーを受け取ると、あのときと同じバターの香りがした。

帰宅し包みを開けると、アルファベットとハートマークが刻まれた七枚のクッキーが入っていた。お皿の上にクッキーを並べてみる。

「T・h・a・n・k・s・♡」

夏実の母親からの愛と感謝に満ちたメッセージに、鼻の奥の方がツーンと痛くなった。

＊

翌日になっても、二人の結婚式の余韻が残っていた。

「いらないものは欲しがらない人なの」

夏実の声が耳から離れない。

にもかかわらず、午後四時過ぎ、料理教室仲間からのLINEにスイッチが切り替わってしまう。

「今日は、代官山で榎本さわこ先生のサイン会＆トークイベントです。整理券をお持ちの方で行く人いますか」

「私も整理券ゲットしました。現地でお会いしましょう」

こんなやり取りを目にしてしまうと、気持ちを抑えられなくなる。

昨日の余韻に浸っていたい気持ちとこの機会を逃したくない気持ちが、一歩も引かずに睨み合う。メディアでの露出が増えるにつれ、榎本さわこの料理教室は予約を取るのが難しくなっていた。サイン会やトークイベントは、生の榎本さわこに会える数少ない機会だった。

事前に手に入れた整理券を手に迷うこと一時間あまり。行きたい気持ちが競り勝ち、代官山の書店へ向かう。

会場に到着すると、書店の一角にあるイベントスペースはすでに榎本さわこの新刊を手にしたファンでごった返している。そのただならぬ雰囲気に、雪乃の感情も昂《たかぶ》っていく。

数分後、編集担当者に付き添われた榎本さわこが会場に現れると、「キャー」「さわこ先生!」と黄色い声が飛んだ。まるで初恋の人に再会したような、憧れのアイドルに見つめられたような熱い視線が榎本さわこに注がれ、会場のボルテージが一気に上がる。

「今日はありがとうございます。また、みなさんにお会いできて嬉しいです」

特設のステージに立った榎本さわこが女性たちに声を掛ける。

「さわこ先生が暮らしの中で、最も大切にしていることは何ですか」

司会者からの質問に、榎本さわこが笑顔で答える。

「私は、特別なことをしているわけではないのよ。夫や子どもたちがおいしいって言ってくれるのが嬉しいだけ。みなさんだってそうでしょ。愛する人に食べてもらいたい、大切な人の笑顔が見たいって思うでしょ」

女性たちが大きく頷く。しかも、一斉に。

その様は、まるで誰かに遠隔操作されたロボットのようだった。

「たとえば、いつもはお弁当箱を空にして帰ってくる息子が食べ残していると、『体調が悪いのかな、学校で何かあったのかな』って気になるし。お菓子好きな娘がおやつを食べなくなると、『恋でもしてるのかな』って心配する。こんな風に、お料理って、家族の変化に気づくバロメーターなのよね。だから、食べることを大切にしたいっていう気持ちがどんどん強くなって、料理もどんどん好きになるの。家族を第一に思う私にとって、心を込めてお料理をすることはとっても自然なことなの」

榎本さわこを見つめる女性たちの眼差しはまさに恋する乙女。中には、榎本さわこの話を一字一句逃さないようにと、熱心にメモを取る人までいる。サイン会がはじまると長い列ができ、雪乃もそこに並ぶ。握手をしながら泣きだす人もいる。

「今日は、お目にかかれてとっても嬉しいです。先ほどのお話も感動しました」

「さわこ先生の大ファンです。ずっと応援しています」

さわこファンの熱狂ぶりを前にすると、平常心ではいられなくなる。

「何度か先生のお料理教室に参加させていただいた水原です。今日も、素敵なお話ありがとうございました。とても感動しました」雪乃は周りの女性たちに聞こえるように、わざと大きな声で話し掛けた。

「水原さんね。よく覚えてますよ。いつもありがとうございます」

榎本さわこが親しげに雪乃の手を握ると、立ち去りがたいとばかりに、そこにとどまっていた女性たちが羨望の眼差しで見ているのがわかった。これほどの快感があるだろうか。すぐに、会場で撮影した榎本さわことのツーショットをフェイスブックに投稿する。

「今日は榎本さわこ先生のサイン会&トークショーです。さわこ先生、私のことを覚えていてくださって、とても感激しました」

すると、すぐさま「羨ましい。私も行きたかった」「さわこ先生も水原さんも、笑顔が素敵！」と書き込みがあり、「いいね！」の数が急上昇した。

雪乃にも、フェイスブックが茶番の場であることなどわかっている。でも、同時にそこは、雪乃の欲求を満たしてくれる場でもあった。

以前、カリスマ女性経済評論家に陶酔していた同僚を、雪乃は冷ややかな目で眺めていた。いくら投資しても彼女のようにはなれないというのに、なぜ、それに気づかないのだろうと呆れ果てていたのだった。

でも、今、自分は同じように榎本さわこに投資し続けている。いくら憧れても、榎本さわこのようにはなれないというのに、成功するのは、選ばれた一握りだというのに、なかなかそこから抜け出すことができなかった。

＊

結婚式の一ヵ月後、夏実から、「ゆっくり話したいから遊びに来ない？」と電話があった。半月ほど前、夏実は独身時代から石脇が住んでいる谷中《やなか》の2DKのアパートへスーツケースひとつで引っ越したというのだ。

「本当にスーツケースひとつなの？」

「実際には、プラス段ボールがふたつあったけどね」

夏実は軽やかに笑った。

翌週の土曜日、雪乃は二人が住むアパートを訪ねる。

「高級ワインとかスイーツとかを持ってくる必要ないからね。雪乃が握ったおにぎりを十個ほど持ってきてほしいの。中身は、第一希望が明太子。第二希望が塩鮭。第三希望は昆布か鰹節。まあ、その辺は雪乃に任せるから」と、夏実は言った。

雪乃は、おにぎりを持って谷中に向かう。

夏実の希望通り、中身は明太子、鮭、昆布の三種類にした。前日から漬け込んでおいたごぼうとカブのマリネを、お新香代わりにつまんでもらおうとタッパーに詰めた。

二人が住むアパートは谷中銀座から少し入った、昭和の風情が残る路地裏の一画にあった。地図を頼りに歩いたものの、何度か道に迷い、十五分遅れで到着する。広さは、雪乃が住む賃貸マンションとほぼ同じ。築三十年ということだが、日差しがたっぷり射し込む居心地のよい部屋だった。

驚くほどモノがない。

家電も調理器具も食器も必要最低限。六畳の和室には石脇が先輩から譲り受けたという大きな卓袱台《ちゃぶだい》と、夏実の母親手作りの座布団が四枚あるだけだった。もうひとつの部屋が二人の寝室で、そこには年季が入った洋服ダンスがポツンと置かれていた。

部屋の中を見回す雪乃に気づいた石脇が、

「本当になんにもない家だなって、思ってるんでしょ」と言って笑った。

「えっ、まあ……」

「これだけあれば十分なんです。まったく不自由は感じないし」

潔いほどすっきりした住まいは、二人の生き方そのままだった。

「用意できたから、座って」

夏実が卓袱台に料理を運び、石脇が結婚祝いにもらったという地酒の栓を開けた。

雪乃が持参したおにぎりとマリネは真っ白なお皿に盛り付けられている。石脇が腕を振るったという豚ばら肉の角煮は使いこまれた漆の大鉢に盛られ、生姜の千切りと木の芽が添えられている。

あたたかくて豊かな食卓だった。

おにぎりも、マリネも、豚ばら肉の角煮も、すこぶるおいしそうに見える。母譲りのセンスのよさが感じられた。

「うわっ、このごぼうのマリネ、すっごく旨いですね」

石脇が口に入れたと同時に唸った。

「よかった。さっと湯がいてマリネ液につけ込んだだけなんですけどね」

「どれどれ、私も」

夏実が、ごぼうを口に放りこむ。

「旨い！　さすが雪乃」

石脇が、「だろ」と二本目を口に入れる。

「やっぱり、素材の味をそのまんま活かしたものがおいしいよね」

と夏実が言い、石脇が大きく頷く。

「角煮もおいしいです。とっても柔らかくて」

口の中でとろけるほど煮込まれた角煮は、プロにも勝るとも劣らないおいしさだった。

「特売のときにまとめ買いして、茹でて冷凍させたものを使ってるんです。俺って、安いものをおいしくする天才かも」石脇が大声で笑った。

「自分で言うかな？　天才とかって」

夏実がすかさず突っ込みを入れる。

この二人といると、肩の力がスーッと抜けていく。

酔うほどに朗らかになる石脇と酔うほどに笑い上戸になる夏実は、見果てぬ夢を追い続ける雪乃の対極にいた。

「雪乃、何か心配事でもあるの？」

二人の様子をボンヤリ眺めていた雪乃に夏実が訊ねた。

「心配事ってわけじゃないんだけど……。夏実たちを見てたら、料理研究家を目指して躍起になっている自分が滑稽に思えただけ」

「料理研究家って、そんなになりたい職業なの？」

夏実の質問は単刀直入だった。

「改めて聞かれると、言葉に詰まるかも。お洒落な生活に憧れているだけなのか、料理教室に行ったりフェイスブックを見たりして、対抗心を燃やしてるだけなのか、自分でもときどきわからなくなるんだ」

不意にこぼれ落ちた本音に、誰でもない雪乃自身がハッとする。

「だったら、しばらく、スマホから離れてみたらどうですか?」

二人の会話を聞いていた石脇がさらりと言う。

「スマホから離れるなんて無理ですよ、今の時代」

間髪入れずに答えた。

「電話とメールだけにして、アプリやSNSはやめてみたらって意味ですけど」

「わかっちゃいるけど、簡単にはやめられないんですよね」

地酒が入ったグラスを眺めながら、雪乃はため息をついた。

「そもそも欲望って内側から湧いてくるものだと思うんですけど、SNS上で誰かと張り合っているうちに、その欲望に支配されてしまってるような気がするんです。無用なって言うと語弊があるかもしれないけど、過剰なつながりは人を欲求不満にさせるだけなんじゃないかな?」

確かに、SNSでつながっている人のほとんどは、実生活では縁もゆかりもない人たちだし、ブログの読者もどこの誰だかわからない人ばかりだ。

「ここ最近、自分の周りでも、他者を求めながら他者に疲れてしまっている人が多いような気がするんです。SNSに惑わされて」

「SNSに惑わされて……ですか？」

心当たりがあるだけに胸がうずく。

「私も、哲さんも、SNSをやらないからわからないけど。あれって、錯覚させてるだけなんじゃないかって思うんだ。つながってるとか、認められているとか」

「夏実の言う通り。わかってるのよ」

「なのにやめられないって、まるで麻薬みたいね。まあ、それが開発者の狙いなんだろうけど」

核心を衝《つ》かれドキッとした。

「わかっているのにチェックしちゃうし、投稿しちゃうのよね。ざわつくだけなのに」

「ハッキリ言わせてもらうけど、最近の雪乃は自分不在のような気がする」

「自分不在？」

「そう。雪乃はもともと自分をしっかり持ってた。私なんかよりずっと意志が強くて、地に足が着いてた」

「それなのに、って言いたいんでしょ。確かに、料理研究家を目指しているのも、自分の意志なのか、惑わされているのか、自分でもよくわからなくなってるかも」

苦笑いしながら、もう一人の自分が心の中で反論する。

センスのよい母親に育てられた夏実にはわかんないのよ。大雑把な母親が作るお弁当が恥ずかしかったことも。野暮ったい家に夏実を呼べないって思ったことも。お洒落な生活に憧れる気持ちも……。だって、夏実にとっては、料理上手な母親がいることも、センスのよい家で暮らすことも当たり前だったんだから。

塩鮭のおにぎりを頬張っていた石脇がぼそぼそとつぶやいた。

「熱に浮かされやすいんですよね。集団の中にいると」

どういうこと……？　雪乃は首をかしげた。

「カリスマ性のある人に憧れる集団って、自分をしっかり持っていないと一気に同じ方向に流されてしまうんですよ。『一緒に神輿《みこし》を担ぐ気がない奴は認めないぞ』とばかりの同調圧力に抗えなくて。担がれる人も担ぐ人が必要なわけで、早く言えば新興宗教みたいなものですよ」

痛いところを衝かれ、ぎょっとする自分がいる。

「確かに、なんとか塾とか、自己啓発セミナーとかって言われてるものも同じカラクリよね。意識高い系の人たちを集めて、高みを目指して学んでいる気にさせるのが狙いでしょ。主宰者にとって、熱に浮かされやすい人って鴨ねぎなんだろうなあ」

夏実の指摘は的を射ていた。

いくら、雪乃が榎本さわこに憧れても、さわこの本を買い漁っても、さわこが雪乃の夢を叶えてくれるわけでもなければ、困ったときに助けてくれるわけでもない。まさに、鴨ねぎ。商売上手な人たちの術中にまんまと陥っているに過ぎないのだ。

「夏実は、惑わされたり迷ったりしない？」

「惑わされっぱなし。迷って、悩んで、失敗して、いっつもボコボコ。でも、私は、認められたくてこの仕事をしてるわけじゃない。子どもたちに学ぶ機会を与えたいだけ。学校へ行くことができない子どもたちを放っておくことができないから必死にやってる。それに、人と群れるのも、馴れ合いになるのも苦手だから、一人で考えて、一人で行動する。なーんて、格好つけすぎかな」

夏実と石脇が声を上げて笑った。

「この人は猪突猛進型だから、ハラハラさせられっぱなしです。ただ、格好もつけないし、裏表もない。きれいごとを並べ立てることもない。自分の頭で考えて、自分の意志で行動する。過酷な現場でも、目を逸らさず本気で立ち向かう。だから、周りの人からは信頼されてます」

「私、ハラハラさせてる？」

「えっ、気づいてないわけ？　バングラデシュのプロジェクトのときも、現地のカウンターパートが村の重鎮を説得してるっていうのに待ちきれずに動き出そうとして。『ちょっと待て！』って注意されてるのに、それも聞かずに動き出して」

「あのときは、一刻を争ってたから……」

言いかけた夏実が、笑い出した。そして、「そのたびに、仲裁に入ってくれたのがこの人です。だから、心から感謝してます」と、石脇に向かって頭を下げた。

「まあ、開発途上国の教育支援は行動力のある人でなきゃ務まらないから。彼女くらいの無鉄砲さが必要なんですけどね」

「私って、そんなに無鉄砲？」

「えっ、いままで自覚してなかったの？」

開発支援の現場で出会い、互いのいい所も悪い所も認め合って結婚した二人。雪乃はそんな二人が羨ましかった。ただ、彼らが身を置く場所は、雪乃が思い描いている憧れの生活とはあまりにかけ離れていた。

根津《ねづ》駅まで送ってくれた夏実が、別れ際に言った。

「いろいろ言っちゃってごめんね。気分悪くしなかった？」

「ううん。気持ちいいほどハッキリ言ってもらって嬉しかった。自分を見直すいい機会にもなった」

「ならいいけど。私たち、今の社会に疑問を感じている夫婦だから、つい、説教がましくなっちゃうのよね」

「夏実たちから見たら、私が追いかけてるものって浅はかな夢って感じなのかな？」

「そんなことない。夢は人間の原動力だと思うよ。ただ、ブログやSNSにアップするために料理の写真を撮ってるって前に言ってたじゃない。あれからずっと気になってたんだ。雪乃は本気で料理研究家になりたいのかなって。フェイスブックの『いいね！』に喜びを見いだすほど、満たされていないのかなって」

「満たされていないか……。なるほどね。傍から見るとそんな風に見えるんだ」

「言い訳って言うか、現実逃避してるように思えちゃうんだよね。料理研究家を目指してるってこと自体が」

「……。夏実、今日はごちそうさま。石脇さんによろしく伝えて」

「うん。伝える。それからさあ。余計なお世話かもしれないけど」

「何？」

「実際に、雪乃が作った料理を『おいしい!』って食べてくれる人いるの?」

実際に食べてくれる人?

「そう。彼氏とか……」

平静を装いながら返す言葉をさがす。

「一応……」

それだけ言うのがやっとだった。

「ならいいけど。じゃあ、気をつけて帰って」

「うん、ありがとう」

千代田線に乗り、新御茶ノ水で乗り換えて、中央線で西荻窪の自宅マンションに真っ直ぐ帰るつもりだったのに……。

「雪乃が作った料理を『おいしい!』って食べてくれる人いるの? 彼氏とか」

夏実に言われたため押しのひと言が雪乃から平静を奪っていく。

集団の中にいると熱に浮かされやすいという指摘はもっともだと思う。永遠に神輿の担ぎ手で終わるとわかっていながら神輿を担ぎ続けている。料理教室に通うことも、キッチングッズを買い漁ることも、満たされない現実を埋めるための言い訳にすぎないのかもしれない。

気づいていないといったら嘘になる。ただ、そんな自分を直視するのは、そう簡単ではなかった。

「さわこ先生の新刊『家族の記念日を彩る榎本家の食卓』ゲットしました」

電車の中でSNSをチェックすると、グループページに書き込みがあった。

ざわつきを抱えたまま、雪乃は新宿駅のターミナルビルに入っている書店に向かう。

エスカレーターを降りると、フロアに漂うコーヒーの香りに誘われた。書店の手前にあるカフェに入り、キャラメルマキアートを注文する。店内は、コーヒーカップ片手に彼氏や女友だちとおしゃべりに興じている女性たちで一杯だった。

この中に、開発途上国の支援に興味がある人などいるのだろうか。

彼女たちを眺めながら思った。

たぶん、いないだろう。

夏実と石脇が変わってるんだ。

それが、キャラメルマキアートを飲みながら雪乃が下した結論だった。

ざわついていた気持ちが鎮まっていく。

飲み終わったカップをカウンターに戻すと、料理本コーナーを目指して歩き出す。そして、平積みになっていた榎本さわこの新刊『家族の記念日を彩る榎本家の食卓』を手に取り、頁をめくる。

ふんわり焼かれたオムレツや彩りが美しいエビピラフが盛りつけられている真っ白なお皿も、ビーフシチューを煮込んでいるル・クルーゼの鍋も、何度見ても飽きることはなかった。ウッドテラスに置かれたテーブルの上にセッティングされたアップルパイと紅茶は、ランチョンマットからカトラリーまで、雪乃が憧れる生活を見事に再現していた。

陽射しが燦々《さんさん》と降り注ぐキッチンに立つ榎本さわこは、ギンガムチェックのエプロンを身に着け、しあわせそうに微笑んでいる。子どもたちの大好物だというミートソースを盛り付けている写真からは、さわこの料理を待ちわびる家族の溢れんばかりの笑顔が想像できる。

確か、さわこ先生はご主人と娘さんと息子さんの四人家族のはず。こんな素敵なママを持って、娘さんは嬉しいだろうなあ。料理上手なママが作るお弁当を持って登校する息子さんは、お弁当を開けるとき、ワクワクするんだろうなあ。ご主人は、妻が作る料理を楽しみに帰宅を急ぐんだろうなあ……。

光が射し込む明るくてお洒落なキッチンで、家族四人が食卓を囲むしあわせを絵に描いたような光景は、雪乃が思い描く未来予想図と完全に一致していた。

これを目指さずして、何を目指せというのか。

誰に何を言われても、やっぱり譲るわけにはいかなかった。ずっと料理に全力を傾けてきた。料理だけは誰にも負けない自信があった。スタイリングのセンスもプロ顔負けだと胸を張って言える。

榎本さわこの新刊『家族の記念日を彩る榎本家の食卓』を手に、レジに向かいながら独りごちる。

平凡な主婦だった榎本さわこがなれたんだから、私だってなれるはずだ。

新刊を抱えて家路を急ぐ。一刻も早く、新刊の中で紹介している料理を作って写真におさめたかった。雪乃の投稿を楽しみにしている女性たちがいる。雪乃の作る料理を「センスいい」と認めてくれる女性たちがいる。

そんな人たちの期待に応えるために料理を作って何が悪いのだろうか。

料理研究家になる夢を叶え、女性たちから羨望の眼差しで見つめられている未来の自分を思い描くと、思わず笑みがこぼれた。

＊

「ねえ。雪乃のことどう思った？」

夏実は、皿を洗っていた石脇に話し掛けた。

「どうって？」

「彼女、本気で料理研究家になりたいのかなあ……」

「本気だったら、とっくになってるか、具体的に動き出してるよ。今の仕事を辞めて」

「やっぱり、そうだよね」

洗い終った皿やグラスを、夏実が食器棚に片付ける。

「身も蓋もない言い方だけど、退路を断つ覚悟がない人は、何にもなれやしないよ」

石脇が断言する。

「私も、そんな気がする。でも、それって雪乃に言った方がいいのかな？」

「子どもじゃないんだから放っておけばいいんだよ。自分で気づかない限り、他人が何を言っても人は変わらないって。そもそも、彼女自身が今のままでいいって思ってるんじゃないの？　生半可な気持ちではプロになれないわけだし、『いいね！』に一喜一憂してる時点で、俺は、プロの世界じゃ通用しないと思うよ」

「なりたいような気がしてるだけってこと？」

「少なくとも、俺にはそう見えた」

数日後、夏実が雪乃のブログにアクセスすると、お洒落なランチョンマットが敷かれた食卓の様子が毎日更新されていた。ブログの順位を上げるために、「いいね！」の数を増やすために費やす時間を想像し、ため息をつく。

雪乃、いつまでこんなこと続けるつもりなんだろう。

夏実は雪乃のブログを閉じ、新しいプロジェクトの企画書作成に没頭した。

彼女との格差

一ヵ月分のパート代が、彼女のテレビ出演料の一回分にも満たないだなんて……。

いつの間にか開いていた彼女との格差。存在価値を否定されたような焦燥感。納得のいかない現実を前に、水戸智恵子《みとちえこ》はざわつきを抑えることができずにいた。

夫の誠二《せいじ》が店長を務めていた大型スーパーが三月末で閉店すると知らされたのは、年の瀬も押し迫った頃のこと。

「閉店後は、別のお店に移るの？」

心配して訊ねると、誠二は「今の段階では、何もわからない」とだけ答えた。

ここ数年、水戸家では正月らしい正月を送ったことがない。スーパーにとって年末年始はまさに書き入れ時。誠二が大晦日の仕事を終えて帰宅するのは、紅白歌合戦がエンディングを迎える頃だし、初売りがはじまる二日には始発電車で出勤する。

元日は、誠二にとって唯一の貴重な休み。日頃の疲れを取るだけで精一杯なのだから、家族揃って初詣に出掛けることもなければ、智恵子の実家がある川越や誠二の実家がある甲府に帰省したこともない。智恵子も息子の直也《なおや》も、年末年始だからと特に期待もせず、いつも通り淡々と過ごすことが当たり前になっていた。

しかし、その年はそういうわけにはいかなかった。四月以降、誠二はどうなるのか。水戸家はどうなるのか。先が見えない不安と苛立ちで、紅白歌合戦を楽しむ気にもなれなかったし、年越し蕎麦《そば》も雑煮も全く喉を通らなかった。

今頃、榎本さん一家は、自由が丘の豪邸で優雅なお正月を迎えていることだろう。いやいや、どこかの高級旅館で温泉につかっているかもしれないし、海外のリゾートホテルでのんびり過ごしているのかもしれない。

比べても仕方ないとわかっていながら、つい比べてしまう。沸々と湧き上がる如何ともし難いやっかいな気持ち。上昇気流に乗った榎本家とエアポケットに落っこちそうな水戸家。去年の八月までは同じマンションのご近所同士。息子たちは同級生。生活水準も似たり寄ったり。家族ぐるみで付き合っていた気の置けない間柄だったというのに。いつの間にか、両家の格差はどう頑張っても縮まらないほど広がっていた。

四月十五日の夜、三月末を以て閉店した店舗の残務整理を終え、誠二は未だかつてないほど落ち込んで帰ってきた。

バタン！

乱暴に閉められた玄関扉の音に、智恵子はただならぬ気配を感じとる。

「子会社に転籍になった」

吐き捨てるように言った誠二の目に滲む悔しさ。温厚な夫が見せた険しい表情。何と声を掛けたらいいのかわからなかった。

「そう。たいへんだったわね」

やっとの思いで労《ねぎら》いの言葉を絞り出す。

「シャワー浴びてくる。ビール冷えてるよな」

「えっ、うん。もちろん」

急いで冷凍してあった枝豆を解凍し、牛すじ肉の煮込みをあたため直す。夫の好物を酒の肴《さかな》として用意することが、その日、智恵子にできる精一杯のことだった。

会社側は、「首にならなかっただけでもラッキーだと思え」くらいに考えているのかもしれない。しかし、水戸家にとっては、突然、奈落の底へ突き落とされたような一大事。盆も正月もなく働いてきたというのに、誠二の働きは認められなかったのだ。

まさか、子会社に転籍とは。受け入れ難い現実だった。

プシュッ！

缶ビールを開ける鈍い音がテレビの音声にかき消される。

「あー、旨っ！　でも、これからは発泡酒にしないといけないんだよなあ」

誠二が自分に言い聞かせるようにつぶやいた。

「ビールくらいの贅沢はしてもいいんじゃない」

励ますつもりだったが、すぐに現実の厳しさを思い知らされる。

「そんな暢気なことを言ってる場合じゃないんだよ。転籍後は、給料が三割減になるらしいから」

「えっ、三割も！」

自分でも驚くほどの大声を出していた。

「このマンションのローンも含めて、家計を見直さなきゃいけなくなると思う」

と言って肩を落とした夫の視線が宙をさまよっている。

三十五年のローンを組んで購入したこのマンションの返済も、まだ半分以上残っているし、中学二年になったばかりの直也は、何度も全国大会出場を果たしている私立のサッカー強豪校への進学を希望している。

いままでも、贅沢《ぜいたく》とは縁遠い暮らしをしてきた。家計をやり繰りして直也の教育資金を捻出し、老後のために貯金をしようと努力をしても、貯金に回せる額は毎月わずかしか残らなかった。

水戸家にとって、収入の三割減は、死活問題だ。

突然、幕を下ろされたように、目の前が真っ暗になった。

「多少不便になっても、手狭になっても、このマンションを売却して月々のローンの返済額が下がるところに引っ越すことを考えた方がいいかもしれないな」

牛すじ肉の煮込みをつまんでいた誠二の横顔がわずかに歪んだ。

「急いで結論を出さなくてもいいんじゃない。いままで以上に生活費を切り詰めて、私もパートに出るから。それでも無理そうだったら、そのとき考えれば」

不安な気持ちを封じ込め、明るく振る舞った。

「紙切れ一枚でリストラだもんな。サラリーマンっていうのは、会社にとって駒のひとつに過ぎないんだって、今更ながら思い知らされたよ」

誠二の表情には無念さが滲む。

「パートさんたちはどうなったの？　結構たくさんいたでしょ」

「三月末で辞めてもらった。それを伝えるのも俺の役目だったんだ。シングルマザーもいたし、夫が病気で働けない人もいた。『私たちこれからどうしたらいいんでしょう？』って泣かれても、俺にはどうすることもできなかった」

「そうだったんだ……。みんな、たいへんなのね」

「だな」

「ウチは大丈夫。何とかなる。私も頑張るから」

明るく振る舞うことで自らを奮い立たせるが、その夜は一睡もできなかった。

昨年の夏休み、自由が丘の豪邸へ引っ越していった榎本佐和子の顔が浮かんでは消えを繰り返し、智恵子から睡眠を奪っていく。引っ越し後は親交も途絶えている。二度と会うことはないかもしれない。にもかかわらず、人気料理研究家となった榎本佐和子が智恵子をざわつかせる。

夫をリストラした会社に負けたくなかった。不安な現実に負けたくなかった。でも、本当は榎本家に、榎本佐和子に負けたくなかったのかもしれない。何とかなる。何とかしてみせる。榎本佐和子に対する意地を原動力にして、智恵子は前を向こうとした。

しかし、現実はそう甘くはない。

知り合いに紹介してもらった近所の弁当屋でパート社員として働きはじめたものの、時給は九百五十円。一日七時間労働。一ヵ月二十五日フルで働いても額面で十六万六千二百五十円にしかならなかった。

私の価値って、一ヵ月たった十六万円なんだ。

結婚前、食品メーカーの正社員だった頃と比べて、その金額の低さに愕然《がくぜん》とした。

特にはじめの一カ月は、心身共にかなりのダメージを受けた。朝から晩まで、休憩の四十五分間以外はずっと立ちっぱなし。総菜を調理する業務用の鍋や釜の重たさは半端ではなく、腰への負担は予想を遥かに超えていた。パートを終えて家に帰る頃には精も根も尽き果て、夕食の支度をする気にならないほどクタクタになった。

これからもこんな日々が続くのかと思うと、徐々に気持ちに余裕がなくなっていく。

そんな現実に負けまいと踏ん張っていたある日、パート帰りに立ち寄ったスーパーのレジ横ラックに並んでいた料理研究家榎本さわこのレシピ本がとどめを刺す。見れば、惨めになるのはわかっていた。でも、手に取らずにはいられなかった。

レジに並ぶ列から少し離れてパラパラとページをめくると、新緑をバックにテラスで午後のティータイムを楽しむ榎本さわこの姿が目に飛び込んできた。しまなみレモンを使用したというさわこ特製のレモンパイが、若草色のテーブルクロスの上の真っ白なケーキ皿に載っている。

しまなみレモン？　さわこ特製のレモンパイ？

同じマンションで暮らしていた頃、榎本佐和子がお菓子を作るなんて話は聞いたことがなかった。いつも、四つ入って四百円前後のエクレアや、三つでワンパックのプリンやコーヒーゼリーをスーパーで買っていたというのに……。いつの間にか、彼女は女性たちが羨む人気料理研究家榎本さわこになっていた。

ゆっくりお茶を飲む暇などない毎日を送っている自分と彼女のあまりの違いに心が掻き乱される。

本をラックに戻し、重い気持ちを引きずったまま帰宅を急ぐ。タイミングが悪いときは、とことんタイミングが悪いものだ。テレビのスイッチを入れると、情報番組の料理コーナーで、榎本さわこが旬の食材を使った料理を紹介しているところだった。

これ以上イライラしたくない。

テレビのスイッチを切ろうとしたまさにそのとき、出来上がった料理がアップになった。その画面に智恵子の目が釘付けになる。

「今日の一品は、魚嫌いの子どもでもおいしいと食べてくれる鯵《あじ》を使ったポテトコロッケです」

榎本さわこが笑顔で紹介しているレシピは、魚嫌いの直也のために智恵子が考え、以前、佐和子に教えたものだった。

どういうこと……？

頭がついていかなかった。

画面の中の榎本さわこがジャガイモを茹でてマッシュし、そこに、みじん切りのタマネギを塩もみして加え、マヨネーズで和えていく。三枚におろした鯵を広げ、マッシュしたジャガイモを巻きはじめた。巻き終わりを楊枝で留め、粉チーズとパセリを加えたパン粉をまぶして揚げればそれで完成。材料も、作り方も、智恵子が教えたままだった。

「粉チーズとパセリをパン粉に加えることで、魚臭さが苦手な子どもでも喜んで食べてくれますので、是非お試しください」

まるで自分が考えたかのようにコメントしている。

悔しいなんてものではない。

テレビ一回の出演料は、三十万円だとか、五十万円だとか……、いやいやそれ以上だと、噂で聞いたことがあった。

一回のテレビ出演料が最低でも三十万円の榎本さわこと、朝から晩まで立ちっぱなしでお弁当を作り続けても、一ヵ月十六万円しか稼げない自分。その残酷さに打ちひしがれる。

放っておくわけにはいかなかった。

すぐにテレビ局のウェブサイトを検索し、番組公式ページのご意見コーナーに匿名で書き込んでいく。

「今日の放送で、料理研究家の榎本さわこが紹介していた鯵のポテトコロッケは、私が考案し、以前彼女に教えたものです」

勢いで、「送信」ボタンをクリックした。

しかし、数秒後、後悔する。

これじゃ、まるでクレーマーだわ。

自己嫌悪に陥る。

翌日、恐る恐る番組公式ページにアクセスすると、

「多くの方が同じようなレシピを考えますし、そもそもレシピには著作権や所有権はありませんので、ご理解ください」と、掲載されていた。

＊

ずっと近所付き合いをしていた榎本佐和子が、パートでフードコーディネーターの手伝いをはじめたと聞いたのは、五年ほど前のことだ。

「買い物でしょ。下ごしらえでしょ。それから洗い物でしょ。家事の延長のようなことをするだけでお金をもらえるのよ」と、嬉しそうに話していた。

「それはよかったわね」

智恵子も何も考えずに答えた記憶がある。

そのときは、その後のまさかの展開を、智恵子はもちろん、佐和子自身も想像だにしていなかっただろう。

佐和子がパートをはじめて二年か三年ほど経った頃、「私、料理本を出すことになったの。編集者に勧められたんだけど、私が作る料理なんて誰でも作れるし、誰かの参考になるとも思えないんだけど」と、嬉しさと戸惑いが入り交じったような表情で告げられた。

特に料理上手というわけでもなかったし、料理に関する知識が豊富というわけでもない。華やかな雰囲気を身にまとっているわけでもないし、お洒落でも積極的なタイプでもない。どちらかというと、地味でおっとりしていて誰かの後をついて歩くような人だった。

そんな人が、料理本を出す……。

にわかには信じられなかった。

しかし、その半年後、実際に榎本佐和子は大手出版社から料理本を出版する。

出来上がったその料理本の表紙には、〝料理研究家榎本さわこ〟と大きく書かれていた。しかも、智恵子の想像を遥かに超えた本格的なもので、誰でも作れそうな当たり前の家庭料理が、目を見張るほど美しくおいしそうに紹介されていた。

榎本さんが料理研究家？

狐につままれているようだった。

美しいのは料理だけではなかった。本の中で微笑む佐和子まで魔法に掛けられたように輝いている。その表情からは、一緒にスーパーに出掛ける近所の奥さんの面影はまったくうかがうことができない。まさに別人。マスメディアの手に掛かると普通の主婦でもこんな風に変身できるのかと、智恵子は驚きを通り越して腰が抜けそうになった。

宝くじに当たった、と言われた方が、まだ納得できただろう。

佐和子の料理研究家デビューは、それくらい意外なことだった。それでも、まだしばらくは近所付き合いが続き、榎本家の暮らしぶりにも佐和子自身にも大きな変化は見られなかった。

「編集者から本のPRのためにテレビで料理を作ってくれって言われてるの。しかも生番組。失敗したらどうしよう」と告げられたときも、「落ち着いてやれば大丈夫よ」と励ました。

その翌週、佐和子は朝の情報番組に出演する。

テレビの前で見守っていた智恵子は、手際の悪さとちぐはぐなコメントにハラハラさせられ、まるで子どもの発表会につきそう母親のような気持ちで生きた心地がしなかった。そして、落ち込んでテレビ局から帰ってきた佐和子を、「気にすることないわよ」と慰めもした。

しかし、そのときの素人っぽさが受けて、人気は爆発。料理本はベストセラーになる。

その後、テレビや雑誌などのメディアに頻繁に登場するようになった佐和子は、あっと言う間に人気料理研究家となり、自由が丘にあるキッチンスタジオ付きの豪邸へ引っ越すという噂まで飛び込んでくる。

キッチンスタジオ付きの豪邸？

ここ最近、かなり忙しそうだとは思っていた。一緒にスーパーへ行く機会も減った。だからといって、一年やそこらで豪邸を手に入れられるほど世の中は甘くない。智恵子は噂に過ぎないと聞き流していた。

「海人、夏休みに自由が丘に引っ越すらしいよ。だから、二学期からは都内の私立へ転校するんだって」

夏休みが迫った七月の暑い日、学校から帰ってきた直也がコーラを飲みながらボソッと言った。

「榎本さん一家が自由が丘へ引っ越すって話、本当だったの？」

「みたいだよ」

「キッチンスタジオ付きの豪邸らしいじゃない？」

「知らないよ。そんなことまで」

それだけ言うと、直也はコーラを一気に飲み干した。

数日後、榎本家の四人が揃って引っ越しの挨拶にやってきた。そのときの佐和子は、もはや、おっとりした奥さんではなく、料理研究家榎本さわことしての自信に満ち溢れていた。

「ホント、さびしくなるわ。ご家族で遊びにきて。これ、ほんの少しですけど、皆さんで召し上がって」

手渡された紙袋は超有名パティシエのもの。以前、六個入って三千円以上するプラリネをデパートで眺め、「庶民には手が出ないわ」とため息をついたことを思い出す。さらには、余裕の表情を見せた佐和子が持っていたバッグは、智恵子には一生手が出ないであろう高級ブランド・フェラガモのものだった。

つい最近まで、どこへ行くのもエコバッグだったというのに……。

「こちらこそお世話になりました。岬ちゃんも海人君も元気でね」

頑張って笑顔を作ったものの、内心しけた海のように荒波立っていた。

榎本家が引っ越しを済ませた翌日、マンションの管理人がそっと教えてくれた。いままで榎本家で使っていたモノのほとんどが処分されたと。新居で使う家具はすべて特注で、家電やキッチングッズも、選びに選び抜いた最新式のものに一新されるのだと。

あれから二年の歳月が流れた。

遠い世界の人となった佐和子を羨んだところで、空しさとやりきれなさが募っていくだけだとわかってはいる。でも、気になって仕方がない。まるでタイルの目地に生えてくる黒カビのように、拭っても、拭っても、羨ましさと妬ましさが頭をもたげ、容易には消えてくれなかった。

その後も、料理研究家榎本さわこのメディア露出は増え続ける。

「主婦の強い味方。我が家のキッチンもこれ一本でピッカピカ」

パートが休みの日、智恵子が昼ご飯を食べながらテレビを観ていると、白いブラウスにクリーム色のエプロン姿の佐和子が、満面の笑みでアップになった。

洗剤のCMにまで登場するようになるとは……。始末に負えない感情にさいなまれる。

悶々とする智恵子とは対照的に、誠二は転籍先の流通センターでの仕事に精を出している。プライドをズタズタにされ、悔しさを抱えながらの業務は相当のストレスを伴うだろう。ときどき酔って帰宅することはあったが、家では愚痴ひとつ言わなかった。

「仕事はどうなの？」

発泡酒を飲みながら野球中継を観ている誠二に声を掛ける。

「たいへんじゃない、っていったら嘘になるけど。どんな職場でもいろいろあるものだし。職を失った人もいるんだから、不満なんて言ってられないよ」

達観したのか、諦めたのか、妻といえども夫の本心はわからない。ただ、毎日、智恵子が作った弁当を持って出勤し、空にして帰ってくる。

人は人、自分は自分。頭ではわかっていた。

しかし、働いても、働いても、生活は一向に楽にならない。いつまで、こんな状況が続くのか。いつまで、立ちっぱなしのパートを続けなくてはいけないのか。自転車操業のような日々にめげそうになっていた日の午後、直也の担任の松崎《まつざき》から携帯に電話が入る。

「直也君が体育の授業中にケガをして、救急車で病院に運ばれました」

「ケガ！　何があったんですか？」

「サッカーのゴール前で数人がぶつかって倒れたようです。体育の教師が救急車に同乗して病院に向かっています。私も、すぐタクシーで追いかけます」

智恵子は、誠二に連絡をとるとすぐ、パート先に断って、病院にタクシーを飛ばした。どこをケガしたのかも、ケガの程度もわからないまま、「どうか、命に別状はありませんように」ただひたすら祈り続けた。

「救急車で運ばれた水戸直也の母親ですが」

「さきほど治療が終わり、今は病室で休んでいます。二階の突き当たり二〇八号室です」

階段を上りながら、何度も脚がもつれそうになった。

「直也!」

病室に入ると同時に大声で叫んだ。

「かあさん、どうしたの? そんなに慌てて」

左足の膝下を包帯でグルグル巻きにされた直也が、暢気な声で言った。

「どうしたのは、こっちの言う台詞《せりふ》でしょ。あんたがケガしたって先生から電話があったから、飛んできたっていうのに」

「そっか。心配させちゃったんだ」

「心配するに決まってるでしょ！」

「ごめん、悪かった。でもさあ、俺、大したことないから。それより、かあさん、エプロン着けたままだよ」

「えっ！」

気が抜けて、床にへたり込んだ。

診断結果は腓骨《ひこつ》骨折。

「靱帯が切れていなかったので、手術をせずに済みました。ギプスで固定してありますので、四～五週間ほどでくっつくでしょう。若いですから」

主治医からの説明を聞き、ホッと胸をなで下ろす。

「このたびは、ご子息にケガをさせてしまいまして、本当に申し訳ありませんでした。体育の教師からは、ゴール前で数人がボールに絡んで倒れたと報告を受けております」

担任の松崎が、会社から駆けつけた誠二と智恵子に頭を下げた。

「中学生の男子なんてものは、そもそも無鉄砲なものです。大事に至らなかったので気になさらないでください。運動中のケガは不可抗力ですし、こちらこそかえってご迷惑をおかけし申し訳ありませんでした」

誠二が頭を下げたので、智恵子もそれに倣った。

「そう言ってくださると、学校としても本当に助かります。ありがとうございます」

「きっと、直也も、好きなサッカーでムキになったんでしょう」

誠二が苦笑いをした。

「このところ、直也君は部活だけじゃなくて、体育の授業でサッカーをやるときも、かなり力が入っていたと聞いています。特待生試験を意識していたんだと思います」

「特待生試験、ですか？」

何のことだかさっぱりわからなかった。

「直也君からは、希望している高校の特待生試験を受けたいと聞いていますが……」

誠二と智恵子は顔を見合わせた。

「我が校からは、毎年数人が特待生試験を受けてまして。もし合格すれば、三年間の授業料が免除されるんです。私は、直也君の学力や将来を考えて、サッカーの強豪校へ行くより、有名大学への進学率の高い公立校の方がいいんじゃないかと思っていますが、本人は、駄目で元々だから実力を試したいし、授業料の免除は魅力的だって」

寝耳に水の話だった。

大事を取って一晩だけ入院することになった直也を残して、誠二と智恵子は病院を後にした。

「特待生試験のこと、私、初耳だった」

「俺もだ。あいつ、親の懐具合を気にしてたのかな？」

「私が、家計がたいへんだ、たいへんだって言い過ぎたせいで、直也を追い詰めてたのかもしれない」

「退院したら、俺から話すよ。授業料くらい心配するなって」

「そうね」

母親として、家計を預かる身として、こんなに情けないことはない。

水戸家が置かれている状況を悲観し、家計の窮状を大袈裟に嘆いていた。榎本家への嫉妬心に囚《とら》われるあまり、直也の気持ちや家族三人が健康であることのありがたさなど、大切なことを忘れかけていた。

今が踏ん張り時。同じ働くなら楽しんで働こう。気持ちを切り替える。すると、不思議なことに、客との会話も弾み、来店する一人一人の顔を一度で覚えられるようになっていった。

「ひだわりべんと―ひとちゅくらさい」

昼時、五歳くらいの男の子が一人で店に駆け込んできた。真っ赤な顔で、息を切らしている。

「いらっしゃいませ。日替わり弁当ひとつですね」

智恵子は、男の子の視線に合わせてしゃがみ込んだ。

差し出された手には一枚の五百円玉。

「僕、一人で来たの」

「うん。ママにたのまれて」

「そう。えらいわね」

智恵子は、男の子に日替わり弁当とティッシュで包んだおつりを渡す。

「これ、おつり。ママに渡すのよ。落とさないようにポッケにしまっとこうか」

「うん」

「転ばないように、車に気をつけて帰るのよ。わかった」

「うん」

男の子はバイバイと手を振ると、日替わり弁当が入ったビニール袋をブンブン揺らしながら駆け出した。「気をつけてね」智恵子は、店の表に出て男の子の背中を目で追った。小さな背中が、どんどん小さくなっていく。男の子が十メートルほど先の角をつんのめるように左に曲がったのを見届けると、なぜだか目頭が熱くなった。

男の子から受け取った五百円玉は、ほんのりとあたたかかった。母親から預かった五百円玉を落とさないようにギュッと握りしめて走ってきたのだろう。あんな小さな子におつかいを頼むのは、何か事情があるに違いない。もう一人乳飲み子を抱えていて、その子が熱を出して目が離せないのかもしれない。母親が病気で、食事の支度ができないのかもしれない。男の子の背中を目で追いかけながらいろいろなことを考えた。

地域に住む人たちをお得意とする街の弁当屋には、子どもから、一人暮らしの学生やサラリーマン、仕事帰りの女性、高齢者まで、いろいろな人がやってくる。そして、その多くが、一食五百円程度に収まるようにしていることも何となくわかってきた。五百円の価値がずっしりと重く感じられる。

「この年齢になると、二人でひとつのお弁当で十分なんですよ」

毎日、午後一時に、二人揃って日替わり弁当を買いにくる老夫婦がいる。

「腹八分は健康にいいって言いますもんね。今日は風が強いので、気をつけて帰ってくださいね。また、明日お待ちしてます」

こんな会話を交わしながら、川越に暮らす父と母のことを思った。

閉店間際にやってきては、三十パーセント引きになった焼き肉弁当を買って帰る一人暮らしの大学生には、「たまには野菜を食べなきゃだめですよ」と声を掛ける。

子どもの手を引きながらやってくる仕事帰りのママもいる。

「本当は、自分で作らなきゃと思うんですけど、この時間に帰ってから作ると、お腹を空かせた子どもたちが待ちきれなくて」

「無理は禁物。手を抜けるところは抜けばいいんですよ。ウチのお弁当は手作りだから、安心してください。頑張りすぎて身体を壊したら元も子もないですからね」

「そう言ってくださると気が楽になります」

このところ客との会話が楽しくて仕方ない。

老いも若きも、シングルもファミリーも、皆ささやかな暮らしを営んでいる。安くておいしいものを食べて、英気を養ってほしい。明日への活力にしてほしい。日に日に、そんな思いが強くなっていった。

「いってらっしゃい」

「おかえりなさい」

弁当を買う日も買わない日も、店の前を通る常連に声を掛けた。二、三日姿が見えないと、「出張かしら」「具合でも悪いのかしら」と心配にもなった。

多くの人たちは、水戸家同様慎ましい生活を送っている。テレビや雑誌で取り上げられるようなグルメ生活を謳歌している人は、一体どこにいるのかと思うほど、決められた家計の中で、何とかやり繰りして暮らしている人がほとんどだった。

少しでも安くておいしいもの、栄養バランスのよいものを安心して食べてもらいたい。新しい総菜メニューを考え、オーナー夫婦に提案した。食材を使い切る工夫も欠かさなかった。夫の収入減を補填するためにはじめたパートだったが、日に日に働くことが楽しくなり、やりがいを感じるようになっていった。

三ヵ月後、時給が九百五十円から千五十円にアップされると、百円のありがたみがじんわりと心に染みた。

＊

「今日、渋谷で海人に会ったよ」

夕飯のとき、直也がぼそっと言った。

「海人君って、榎本さんちの？」

しばらく忘れていた榎本佐和子の顔が脳裏に浮かんだ。

「そう。海人のヤツ、チョー元気なかったんだよね」

「元気なかったって、海人君が？」

「何となく気になったから、『何かあった？』って聞いたらさあ、アイツ、『直也んちはいいよな』って言ったんだ」

「私立の有名校に編入して、おかあさんも有名になって、すごい豪邸で暮らしてるのに？」

智恵子は首をひねった。

「かあさんには、中学男子のデリカシーってもんがわかんないわけ？」

「何なの、それ？」

「だからさあ、豪邸で暮らしてるからって、うまくいってるとは限らないでしょ」

「それはそうだけど」

直也の妙に大人びた口調にドキッとさせられる。

「実際は、逆なんじゃない？　母親があんなにテレビに出まくってたら、いろいろ面倒だろうし。豪邸で暮らしてるってこと自体、かなりヤバいと思うんだよね」

「ヤバいってどういうこと？」

直也に訊ねた。

「学校で、いろいろ言われるでしょ。母親のこととか」

「そうなの？」

「中学ってさあ、目立つといろいろやっかいなんだよ」

「いじめられるってこと？」

「いじめまではいかなくても、いろいろあるんだって」

「そうなんだ……。直也は、『海人君のウチはいいな』って思ったことはないの？」

「あるわけないじゃん。有名人の息子なんてチョー生きづらいっしょ」

直也は、いつも通りの食欲で夕飯を平らげると、「あー、うまかった。ごちそうさま」と言って自分の部屋にさっさと引き上げていった。


骨折事件があってからというもの、水戸家では以前より家族の会話が増えていった。家計に関することも、大袈裟でもなく、悲観することもなく、事実を包み隠さず話すようにした。厳しいときは厳しい。多少余裕があるときはある。この金額までならオッケーだけど、それ以上は出せないというように、状況を三人で共有した。

それがよかったのかどうかはさておき、世間的には反抗期に突入する時期だったにもかかわらず、直也は自分の置かれている状況を案外冷静に受け止めているようだった。マイペースであっけらかんとした直也の性格に智恵子は何度も救われた。

週末、部活に行くという直也に、「お小遣い足りてるの？」と訊ねると、「俺だったら何とかなってるから大丈夫だよ。それより、かあさんこそ、たまには美容院に行った方がいいんじゃないの？　いっつもそんなんじゃ、親父に浮気されるぞ」と言って智恵子をたじろがせる。

眉間に皺を寄せてスーパーのチラシをチェックしていると、「チラシもいいけど、もっと新聞読んだ方がいいと思うよ」と、生意気に指摘してくる。

憎たらしいと思うこともしょっちゅうだが、親が考えているよりずっと直也は冷静で頼もしかった。

進路を決定する時期を迎えると、私立のサッカー強豪校ではなく、神奈川県有数の公立進学校を目指すと言い出し、誠二と智恵子を驚かせた。

「お前、本当にそれでいいのか？」

誠二が確認すると、「将来を見据えて決めたことだから」と、至って淡々としている。

「特待生試験に受かるほどサッカー上手くないし、高い授業料を払ってサッカーを続けても、俺が香川や本田みたいになれるわけじゃないでしょ。それより、公立でしっかり勉強して、偏差値の高い大学へ行った方が将来の選択肢も広がるかなって思っただけ」

「授業料を気にしてるの？」

「最初は気にしてたけど、今は気にしてない。先輩にいろいろ聞いたんだけど、その高校、結構面白いヤツが多いみたいなんだ。大学卒業後の就職先でもOB同士の交流があって、何かと気に掛けてくれるって言うんだ。何かさあ、そういうのってラッキーだなって思って」

小さい頃から夢見がちだった直也が堅実な道を歩もうとしていることが少しこそばゆい。

「お前が考えて決めたことなら、俺は何も言わない。でも、家計を気にして、親に気を遣って決めたなら賛成しないぞ」

「気なんて遣ってないよ。親父のリストラが考えるきっかけになったことは確かだけど。進路指導の時間に松崎先生から『水戸は、意外と論理的で冷静だし、いざというとき度胸があるから、ビジネスマン向きかもしれない』って言われて、俺、気づいたんだ」

「直也のこと、松崎先生が論理的で冷静だっておっしゃったの？」

「そうだよ。俺さあ、クラスでも部活でも、ちょっと引いて見てるとこあって。その場の勢いでワーッと行くみたいなのって、実は苦手なんだ」

「確かに、勢いで行くタイプじゃないかも。ねえ、あなた」

智恵子は夫に同意を求めた。

「ビジネスマン向きかどうかはともかく、決めたからにはしっかり勉強しろよ。高校受験も大学受験も甘くないからな」

「わかってるって。お任せください」

「調子に乗るな!」と言いながら、夫が直也の頭を軽くたたいた。

「その高校の体育祭、仮装行列とか、応援団とか、かなり本格的らしくて。毎年、OBや保護者が押し寄せる名物行事なんだって」

「へえ、そうなの?」

智恵子と誠二に話してスッキリしたのか、その日の直也はいつも以上に食欲旺盛。大好物のチキンカレーを二皿、ペロッとたいらげた。

それからの直也の集中力には、我が子ながら驚いた。猛烈な勢いで勉強し、志望校に入学を果たす。直也にこんな根性があったとは、正直思っていなかった。

災い転じて福となった、ってこと?

水戸家は、神に見放されていなかった。

*

高校二年の夏休み直前、直也が「夏休みになったら、隠岐の島の高校に行ってる海人に会いに行こうと思ってるんだ」と言い出した。

「海人って、榎本さんとこの海人君？」

「そうだよ。あいつさあ、家にいるのが息苦しいからって、隠岐の島の高校で寮生活をしてるんだ」

「隠岐の島って、日本海にある？」

「そう、魚がチョー旨いらしいよ」

「そういうことじゃなくて」

「じゃあ、どういうこと？」

「海人君、家にいるのが息苦しかったの？」

「らしいね。でも、海人の気持ち、俺、すごくわかる」

「そうなんだ……。それより、直也はいまでも海人君と連絡取り合ってるの？」

「ときどきだけどね。海人の親父さんも四国に単身赴任中らしくて。『我が家は現在空中分解中』なんて暢気なメッセージが来るくらいだから問題ないと思うけど、海人が隠岐の島でどんな生活してるか見てみたいんだ。行ってもいいよね」

「いいけど、一応おとうさんに聞いてみないと」

帰宅した誠二に、直也の隠岐の島行きを話すと、

「隠岐の島かあ、魚、旨いんだろうなあ。転籍になってから、一度もまともな休暇を取ってなかったから、思い切って三人で行くか？」とまさかの展開に。

確かに、誠二も智恵子もずっと働きづめ。旅行をする余裕などないに等しかった。

「海人君に、いい民宿ないかって聞いてみてくれよ。釣りができるポイントもな」

張り切る誠二に対して、直也はかなりガッカリした様子。

「マジ？　親も同伴だなんて、チョーかっこ悪くない？」

「何だよ、俺たちが一緒じゃ都合悪いのか」

「別に、そういうわけじゃないけどさあ」

「だったら、いいじゃないか。これが親子三人での最後の旅行かもしれないだろ」

「確かに、大学生になれば、親との旅行なんてしなくなるわよね」

久しぶりの家族旅行と聞いて、智恵子の気持ちも上向いていく。

「しょうがねえなあ」

渋々承知した直也だったが、しばらくすると、「久しぶりの家族旅行も悪くないか」

と素っ気なく言った。

水戸家の三人が隠岐の島の民宿に到着すると、懐かしい人に迎えられた。

「ご無沙汰してます。海人から、水戸さん一家が来るって聞いて、今日、お会いするのを楽しみにしてたんです」

佐和子の夫で、四国の松山に単身赴任中の榎本修一だった。

「こちらこそ、ご無沙汰してます。まさか、こんなところで榎本さんにお会いするとは思ってもいませんでした。四年ぶりですよね」

「そうなりますか？　海人が中学一年のときあのマンションから引っ越したってことは、確かに四年ぶりですね」

「一日一日は長いようでも、過ぎてしまえば四年なんてあっと言う間ですね。海人君が隠岐の島の高校に進学したって直也から聞いて、ホントに驚きました。榎本さんは、よくこちらにいらっしゃるんですか？」

智恵子は榎本家の今を知りたかった。

「ときどきですけど。東京に帰っても、どうせ子どもたちはいないし。忙しいカミさんと顔を合わせても気詰まりなだけですから」

「子どもたちはいないって……、岬ちゃんは？」

「岬はこの四月に神戸の大学へ進学しました。だから、東京の家は、今、妻一人で」

「そうなんですか……」

民宿の縁側で冷えた麦茶を飲みながら、大人三人で近況を報告し合う。

「水戸さんが店長をしてたお店、閉店になったらしいですね」

「そうなんです。今は、子会社の流通拠点で働いてます。正直言って、かなり厳しい状況ですけど、まあこれも時代の流れですから仕方ありません」

「どこもかしこもたいへんですよ。私も、四国だけでなく、中国地方も商圏に入っているので、日々相当の距離を移動してますよ。でも、東京の本社にいたときよりずっと気が楽ですし、こうして海人のいる隠岐まで足を延ばすこともできますし、転勤してよかったって思ってます」

「でも、奥様は一人で寂しいでしょ?」

それとなく訊ねると、

「それはないんじゃないかな。妻は自分の仕事に夢中で、もはや家族のことは二の次ですから」

修一はキッパリと言い切った。

「二の次だなんて……」

後に続く言葉が見つからなかった。

「でも、その通りなんですから。まあ、妻の話はこれくらいにして、水戸さん、釣りやりますよね。いいポイントがあるんで、行きませんか」

「いいですね。行きましょう。実は、釣りを楽しみに来たんですよ」

一息つくと、誠二と修一は釣りに、直也と海人もどこかへ出掛けていった。

久しぶりに会った海人は、小学生の頃のやんちゃな印象が消え、見違えるほど精悍《せいかん》な顔つきになっていた。

いまどきの高校生は大人たちが思うよりずっとしっかりしている。さまざまな選択肢の中から自分に合った生き方を選び、たくましく生きている。若いっていいなあなんて思いながら、智恵子はブラブラと海沿いの道を歩いた。

穏やかな海風が東京での忙しい日々を労ってくれる。

誠二が転籍してからずっと、気が休まる暇がなかった。夫の収入が下がった分を自分のパートで何とかしなければと無我夢中で働いてきた。榎本家のことは考えないように努めていたが、常に気になっていた。でも、榎本家もさまざまな問題を抱えているようだ。智恵子が思うほど榎本家の面々は満たされていなかった。

世の女性たちの羨望の眼差しを一身に受けるほどの人気料理研究家となった榎本さわこは、案外孤独なのかもしれない。そんな予感が智恵子を愉快にさせる。

久しぶりの休暇。親子三人でやってきた隠岐の島。たまには息抜きもいいものだわ。

智恵子は海に向かって大きく背伸びをした。

その日の夜は、いつも寮で食事をするという海人も民宿にやってきて、五人で食卓を囲んだ。刺身に、焼き魚に、煮付けと、新鮮な魚がテーブルを埋め尽くし、いつまでも話は尽きなかった。

「水戸さんは家族が仲良くていいですよね。本当に羨ましい」

酔った勢いなのか、修一が何度も繰り返す。

「何で、ウチが羨ましいんですか？　夫はもちろん、私も朝から晩までパートで働きづめ。それなのに、ローンを返していくだけで精一杯だっていうのに」

智恵子が自嘲気味に言った。

「どこのウチだってそんなもんですよ。住宅ローンと教育資金で一杯一杯。余裕なんてないのが普通です。でも、それでいいじゃないですか。家族が肩寄せ合ってひとつ屋根の下で暮らして、ささやかなしあわせを感じて。それが家庭っていうものですよ」

酔いが回ってきた修一が、さらに饒舌になる。

「それに比べて我が家ときたら。マスコミに担がれていい気になって。サラリーマンが一生身を粉にして働いても手に入れられないような豪邸を手に入れて」

「私たちからしたら、豪邸って聞いただけで羨ましいですけど」

「金目当ての奴らが毎日押しかけてきて。まともな神経してたら耐えられませんよ」

智恵子と誠二は、海人の反応を気にしながら視線を合わせる。

「いつまでもそんなこと言ったってしょうがないだろ。さわこ先生はさわこ先生。親父は親父。俺も岬も、それぞれの道を行けばいいんじゃないの」

自分の母親を〝さわこ先生〟と呼ぶ海人にどきりとする。

「まあな、確かに海人の言う通りだよ。でも……、つい、考えちゃうんですよ。落ち着ける家がほしいなあって。武蔵小杉《むさしこすぎ》にいたときみたいな」

智恵子と誠二は、食事の間、何度も視線を交差させた。

翌朝、一足先に島を離れる修一を港まで送っていった。

「ぜひ、松山にも来てください。あたたかくていいとこですから」

「ありがとうございます。お気をつけて」

船に乗り込もうとする修一に海人が声を掛ける。

「親父、あんまり飲み過ぎんなよ」

「わかってるって。お前もしっかり勉強しろよ」

互いを思いやる父と息子のやり取りを見つめながら、智恵子は一人東京で暮らす佐和子を思った。

「人って、お金があってもしあわせってわけじゃないのね。何だか身につまされちゃったわ。榎本さんちのこと。テレビでは、『家族が何より大事。家族のために料理を作ることがしあわせ』って言ってるみたいだけど、何だか痛々しいなって」

羽田へ向かう飛行機の中で、智恵子は新聞を読んでいる誠二に話し掛けた。

「一緒に住む家族がいないと、逆に大きな家は寂しいだろうな」

誠二が新聞から目を離さずにボソッと答えた。

「海人君、卒業後どうするって？」

反対側に座っている直也に訊ねた。

「卒業後のことは、特には言ってなかったけど。今は家族が一緒にいると不満の塊が爆発するおそれがあるから、別々でいた方がいいんだみたいなこと言ってた」

「不満の塊？」

「俺にもよくわかんないけど……。アイツ、なんだか妙に大人びてなかった？　やっぱ、苦労すると人は早く年取るのかな」

直也には、海人が自分より苦労してるように見えたのだろうか。複雑な思いがした。

「自分が思ってるよりずっと、白髪目立ってるから」

洗濯物を畳んでいた智恵子の背中に、直也の鋭いひと言が突き刺さる。

「そんなに？」

「こざっぱりしてないと、貧乏神しか寄ってこないよ」

憎たらしいが、妙に説得力がある。

半年ぶりの美容室。明るい照明の下で大きな鏡に映った自分の顔を見た瞬間、私って、こんなにおばさんなんだ。愕然とした。目の周りの皺は自分が認識しているよりずっと増えていたし、ほうれい線もくっきり目立っていた。

自分の顔をゆっくり眺める暇もない日々。ササッと化粧を済ませ、三角巾をかぶってしまうからと髪をブローすることもない毎日。これじゃ、直也の言う通り、貧乏神しか寄ってこないわ。苦笑いをし、手渡された女性誌をパラパラとめくる。

「料理研究家榎本さわこの日常と旅先の風景」。降り注ぐ太陽の日射しの下、真っ赤に熟した籠一杯のトマトを持った榎本さわこが微笑む特集ページが目に飛び込んできた。榎本さわこの東京での暮らしぶりとイタリアのトスカーナ地方を旅したときの様子が十数ページにわたって紹介されていた。

目の前の鏡に映る自分の顔とは対照的な榎本さわこの爽やかな笑顔。お洒落なキッチンに立つ人気料理研究家は、髪をきれいにセットし、染みひとつない顔で、真っ白なシャツブラウスの袖をまくり、クリーム色のエプロンを着けている。ページの真ん中で輝きを放つさわこの後ろには、ピッカピカに磨かれたステンレスのキッチンが圧倒的な存在感を示している。

これが、噂のキッチンスタジオなんだ。

豪華でお洒落なキッチンを見せつけられ、深いため息をつく。

夫からは家族は二の次だと揶揄《やゆ》され、子どもたちは息苦しいと家を出て久しい。一人暮らしになった今でも、「家族が第一だ」と言い続け、守り続ける料理研究家としての地位は、佐和子にとってどれほどの価値があるのだろう。

ページをめくりながら、様々な思いが交錯する。

パイ生地をこねる調理台は大理石。色鮮やかな食材が並んでいる写真の後ろに写り込んでいるのは業務用の大型冷蔵庫と壁一面に並べられた色とりどりのお洒落な鍋、鍋、鍋。焼き上がったパイを取り出す写真からは、そのオーブンが外国製であることがわかる。手にする包丁も、キッチン用品も、泡立て器やフードプロセッサーなどの電化製品も、智恵子には手が出ない高級品ばかり。

日差しをたっぷり取り込むことができる大開口のダイニングの向こうには、花が咲き乱れるテラスが広がっている。テラスにあるテーブルには、焼き上がったばかりのパイとティーカップ。夢のような世界に、ついため息が洩れる。

一方で、隠岐の島で再会した修一の言葉が何度も頭をよぎる。

「金目当ての奴らが毎日押しかけてきて。まともな神経してたら耐えられませんよ」

酔っ払った修一の横顔を思い出す。

世の女性たちが憧れるキッチンを手に入れた代わりに佐和子が手放したもの。セレブな生活を享受する代わりに差し出してしまった何か。雑誌の中の世界は、確かに現実の暮らしとはかけ離れすぎている。

毎日、毎日、煮炊きが繰り返される自宅のキッチンも、弁当屋の厨房も、お洒落な状態に保つことなど不可能に等しかった。炒め物や揚げ物をするたびにレンジの周りが油でベトベトになるのも仕方ないことだ。

この豪華なキッチンをピカピカな状態に保つために、一体、何人のスタッフがいるのだろうか。

「落ち着ける家がほしい」

修一の嘆きにも似たつぶやきを思い出す。

後半のイタリアトスカーナ地方を旅したページでは、ミシュランの星がついていると
いうリストランテで、ビンテージワインを飲みながら食事を楽しんでいる様子が紹介されていた。オリーブオイルにバルサミコ酢、チーズにワインなど、榎本さわこが市場や専門店で吟味に吟味を重ねて選んだ逸品が、美しい風景をバックに並んでいる。

旅先の風景に溶け込むように撮られた彼女の服装は、ページごとにすべて違っていた。

庶民にとって、夢のまた夢のような豪華で贅沢な海外旅行。実現不可能なおとぎ話のように感じられた。

久しぶりの頭皮マッサージが何とも言えず気持ちいい。身も心も徐々に解《ほぐ》れていく。

人は人。自分は自分。シャンプー台の上でウトウトしているうちに、他人のことなどどうでもよくなっていった。

弁当屋のおばさんだって案外悪くない。五百円の重みを噛みしめながら、街の人たちの胃袋を満たす人生も捨てたものではない。自然とそんな気分になっていく。

シャンプーを終え、栗色に染め上がった髪がきれいにブローされると、鏡に映った顔は、来たときよりも少しだけ若返っていた。

＊

「海人のおやじさん、不倫してるみたいなんだよね」

学校から帰ってきた直也が、冷蔵庫に顔を突っ込みながらぼそぼそと言った。

「えっ、不倫？」

「そう。さっき、駅前で小学校のときの同じクラスのヤツに会ったんだけど、そんなこと言ってた。週刊誌に出てたとかって」

「本当に海人君のおとうさんのことなの？」

「確かめたわけじゃないから、わかんないよ」

とだけ言うと、直也はコーラを持って自分の部屋に入っていった。

榎本さんが不倫……。

突然のことで面食らったが、隠岐の島で会ったときのことを思い出すと、それもあり得るかもしれない。

人は人。自分は自分。佐和子に惑わされずに生きていこうと思った矢先の榎本家のスキャンダル。自分には関係ないことだ、と割り切れるほどクールではない。沸々と湧き上がる野次馬根性。嘘か真かはさておき、やはり気になる。

「ただいま」

誠二が帰宅した。

「おかえりなさい。さっき、直也から聞いたんだけど。榎本さん一家のことが週刊誌に載ってるみたいなのよ」

「なんだ、そのことか」

「知ってるの？」

「知ってるっていうか。電車の中吊りに、『人気料理研究家榎本さわこが演じ続ける理想の家族の実態』とか何とか書かれてたから」

「中吊りに……」

「まっ、どこまで本当かはわからないけど、マスコミは面白半分で大袈裟に騒ぎ立てるから、海人君と岬ちゃんが気の毒だよな。いろいろ言われるだろうし」

「そうね。子どもたちに、罪はないもんね」

榎本家の子どもたちを気遣うふりをしながらも、自然と湧き上がってくるソワソワ感。心の内を誠二に気づかれたらどうしようと思いながら、智恵子は急いで味噌汁と煮魚をあたためた。

「海人君から、何か連絡来てないの？」

翌朝、トーストを頬張る直也にそれとなく探りを入れる。

「来てないけど、何で？」

「記事が週刊誌に出たっていうから」

「あっ、そのこと。そんなことでわざわざ来るわけないでしょ。それより、何で、かあさん、そんなにソワソワしてるわけ」

「ソワソワなんてしてないわよ」

「そうかな？　でも、さっき目玉焼きを作りながら鼻歌歌ってたよ」

「歌ってなんかいないわよ」

「他人の不幸は蜜の味、って言うからね。かあさんも、海人んちのスキャンダルを、どこかで面白がってるんじゃないの？」

「何、言ってんの。早く学校行かないと遅れるわよ」

「何なんだよ。自分から聞いてきたくせに。都合が悪くなると、途端に母親面するんだからなあ」

やり取りを黙って見ていた誠二が、新聞を読みながらにやりと笑った。

いつもより五分ほど早く家を出た智恵子は、パート先近くのコンビニで週刊誌を購入すると、歩きながら記事を斜め読みした。

「人気料理研究家榎本さわこが演じ続ける理想の家族の実態！　豪華パーティーの陰で家族はバラバラ。いつまで、偽装家族を続けるのか」

週刊誌らしいと言えば週刊誌らしい。読者の気を引くために、これでもかと言うくらい大袈裟で過激な言葉が並んでいた。

普通の主婦、理想の家族を売りにしながら、榎本さわこは豪邸で一人暮らしをしている。母親に反発した二人の子どもは、家を飛び出して関西方面の学校に進学した。夫は四国に単身赴任中で、フードコーディネーターの女性と不倫関係を続けているなど……、智恵子が知っていることと知らないことが四ページにわたって書かれている。

いままで、週刊誌の記事など、自分には縁のない世界のことだと思っていた。よくもまあ、どうでもいいことをこれでもかと書くものだと呆れてもいた。

しかし、今、目にしている記事は、他人事ではない。佐和子の顔が、修一の顔が、海人と岬の顔がハッキリと脳裏に浮かぶ。

『子どもたちがよろこぶお弁当』という本を出していながら、東京の中学、高校に通っていた頃から子どもたちは母親が作った弁当を持たずに学校へ行き、コンビニの菓子パンやおにぎりを食べていたという同級生Aの証言。普通の主婦が作る家庭料理を得意としながら、都心の高級スーパーでアシスタントを従えて食材を買い漁っているという複数の目撃証言。さらには、関係者の話として夫の不倫相手のフードコーディネーターは榎本さわこの短大時代の同級生で、帰京のたびに、神泉《しんせん》のホテルで逢瀬を繰り返しているなど、事細かに書かれていた。

智恵子は古い記憶をたぐり寄せる。

まだ、榎本家が同じマンションに住んでいた頃、佐和子から同級生のフードコーディネーターのところでパートのアシスタントをはじめたと聞いたことがあった。

日頃は、有名人のスキャンダルなどまったく興味がない智恵子も、前のめりにならずにはいられなかった。どこまでが事実で、どこまでがでっち上げなのかは知らないが、もしこれが事実なら、料理研究家榎本さわこの人気が地に墜《お》ちるのは時間の問題だろう。マスコミは持ち上げるだけ持ち上げておいて、引きずり降ろすときは容赦ない。ミュージシャンとの不倫が発覚した女性タレントは、あっと言う間に画面から姿を消した。学歴を偽っていたことがわかったコメンテーターも、一瞬ですべてのレギュラーを失った。

佐和子は、これからどうなるのだろう。

気になって仕方がない。

彼女との格差に鬱々とした日々。収入差に引け目を感じ、連絡を取ることができなかった。以前のように、気軽におしゃべりができる間柄でなくなってどれくらい経つだろう。

でも、今なら会いにいける。

「お久しぶり。元気だった？」

突然の訪問に、佐和子は驚くだろう。

「おかげさまで、ウチは親子三人仲良くやってるわよ」

今なら気おくれすることなく会話を交わすことができる。

豪邸を訪ねる日を思い浮かべ、思わずほくそ笑む。

パートが休みの日まで、後五日。

その日が待ち遠しくて仕方なかった。

何を、偉そうに

ド素人が料理研究家だなんて滅相もない。生半可な気持ちで料理本なんか出したら、プロの料理人や世間様に申し訳ない。

娘の佐和子《さわこ》から、「料理本を出版することになった」と聞いたとき、長谷川和枝《はせがわかずえ》は己の耳を疑った。栄養士の資格も調理師の免許も持っていない。飲食店に勤めた経験もなければ、料理や食に関する知識も腕もプロの足下に到底およばない。

「三杯酢って、何と何をどのくらいの割合で混ぜればいいの？」

「竹の子の下処理ってどうするんだっけ」

「かき揚げって、どうすればバラバラにならないの」

こんな電話が掛かってくるのは日常茶飯事。

そのたびに、何年、主婦をやったら、まともに料理を作れるようになるのだろうかと、呆れていた。だから、〝料理研究家〟という肩書きで料理本を出すと言われても、何かの間違いではないかと本気にしなかった。

長谷川家は、房総半島の最南端の白浜《しらはま》で代々酒屋を営んでいる。夫の仙太郎《せんたろう》と和枝の二人で切り盛りする長谷川酒店は、地元でも有数の老舗《しにせ》旅館から一人暮らしのお年寄り家庭まで、たとえしょうゆ一本でも配達するような店だった。

人様が休んでいる盆や正月は酒屋の書き入れ時。商売をしながらの子育ては常に猫の手も借りたいほどの忙しさ。それでも、仙太郎と和枝は根っからの働き者で、三百六十五日休まず店を開けることを苦には思わなかった。

しかし、そんな商売の仕方も仙太郎と和枝の代までのこと。佐和子の弟孝太郎《こうたろう》は酒屋を継がず、大学卒業後は銀行に就職した。ディスカウントショップのチェーン店や大型スーパーができ、徐々に顧客を奪われていくご時世。体力を要する酒屋は割に合わないと考えるのも致し方ない。仙太郎と和枝は息子の選択を尊重し、夫婦二人だけで酒屋を続けている。

「こうして商売を続けてこられたのは贔屓《ひいき》にしてくれる地元のお客さんのおかげ。たとえ、お客さんが最後の一人になっても、身体が動く限り商売も配達も続けるつもりだ」

仙太郎は、毎日の御用聞きを欠かさなかった。

「身体を動かしていないとお天道様に申し訳ない」

和枝は、身の丈に合った暮らしを常として生きてきた。そして、佐和子一家の暮らしぶりと孫たちの成長を遠くから見守ることが楽しみのひとつだった。

佐和子からパートをはじめたと聞いたときは、孫たちの教育費が嵩む時期に差し掛かり、いつまでも専業主婦ではいられないのだろうと思ったし、読者の一人として登場した雑誌を見せられたときも、少しは世間の風に当たった方がいいと賛成だった。

しかし、出来上がった料理本が送られてきたとき、実際の佐和子と料理研究家榎本《えのもと》さわこのあまりのギャップに違和感を覚えた。和枝にも、テレビや雑誌に登場する際には、ある程度の演出が必要なことくらい察しがつく。でも、料理本の中の榎本さわこも紹介されている料理も、脚色するにも程がある、と突っ込みたくなるくらい実際とはかけ離れていた。

普通の主婦であることや、誰にでも作れる家庭料理だと強調しながら、現実にはありえないほどのお洒落な食卓が絵空事のようで、誠実さが全く感じられなかった。

ただ、和枝の違和感などものともせず、佐和子が出した料理本は主婦層に受けベストセラーとなる。その後は、和枝も把握できないほど頻繁に、人気料理研究家として雑誌やテレビに登場しているようで、以前のようにちょくちょく電話を掛けてくることもなくなった。

佐和子が人気料理研究家……?

状況についていけない和枝のもとに、佐和子から自由が丘の一戸建てに引っ越すと連絡が入る。庶民に手が出せるとは思えない一等地だ。狐につままれているようだった。

＊

幼い頃から、佐和子はかなりののんびり屋で、いつも仲良しグループの一番後ろをついて回っているような子どもだった。自分を押し出すこともなく、自ら積極的に動き出すタイプでもなかった。

「佐和子は大きくなったら、何になりたいの?」

「うーん、わかんない」

「学校の先生とか、お花屋さんとか、何でもいいから、なりたいものはないの?」

「特にない」

随分と欲のない子だと思った記憶がある。

ピアノやそろばんを習わせても三年と続かない。身体を動かすのも得意ではない。学校の成績は可もなく不可もなく、目立った得意科目がない。何を言っても暖簾に腕押しのような娘に、和枝は物足りなさを感じていた。

高校の先生に薦められるままに短大の栄養科に進学しても相変わらず、「特になりたいものはない」と繰り返す。そんな佐和子に和枝はよく発破を掛けた。「高い授業料を払ってるんだから、資格くらいきちんと取って卒業しなさい。将来のことを考えて」と。

しかし、「私、食の専門家になるつもりないから」と、全くやる気が感じられない。結局、在校生のほとんどが取得する栄養士の資格も取らずに卒業する。「先生が厳しくて授業についていくのがたいへんだ」とか何とか理由を付けて。

暢気なのか、欲がないのか、地道な努力が嫌いなのかは定かではない。ただ、和枝にとって佐和子は張り合いのない娘だった。

和枝の心配をよそに、佐和子は常にのんびりとマイペース。学校推薦で電機メーカーに就職するも、「結婚するまでの腰掛けだから」と平然と言ってのけた。そして、夫となる榎本修一と社内で出会って結婚。結婚後も仕事を続ける人が多いにもかかわらず、あっさりと会社を辞め専業主婦になった。

「せっかく入った会社なんだから。せめて、子どもが生まれるまでは続けたらどう」

いくら言っても、「私、満員電車苦手だから」と、聞く耳を持たなかった。

その後、佐和子一家は、長女の岬が生まれたのを機に三十五年のローンを組んで武蔵小杉の駅から十五分のところにある３ＤＫのマンションを購入する。その二年後に長男の海人が生まれ、榎本家は四人家族となった。

「ローンの返済がたいへんで、食費にまで回せないのよ」

佐和子は頻繁に電話を掛けてきた。

家計に余裕がないのはどこも同じ。和枝と仙太郎が営む酒屋も自転車操業のようなもの。それでも、孫のことを思うとつい甘くなる。頼られると放っておけなくて、地元産の魚介類や野菜、米などを毎週宅配便で送り続けた。

「そろそろ、イチゴが出回る時期だと思うんだけど」

「この間の鰺の干物、すごくおいしかったから、また送って」

「そろそろ新米の季節よね」

佐和子はあっけらかんと電話を掛けてきた。

いつまで、おんぶに抱っこを続けるつもりなのだろう。

多少は苛立つものの、「おばあちゃん、お魚届いたよ。いつもありがとう。また送ってね」孫から電話が掛かってくると、つい頬が緩んでしまう。娘一家にとって自分は欠かせない存在なのだと思える日々に満足していた。

しかし、佐和子がテレビや雑誌に頻繁に出るようになると、そんな電話も掛かってこなくなる。野菜を送っても、米を送っても梨のつぶて。業を煮やして電話をしても、いつも留守電。たまに出たと思ったら、「何か用？　いま、忙しいんだけど」と腹が立つほど素っ気ない。

人気料理研究家と呼ばれるようになった娘に、和枝は複雑な思いを抱くようになっていく。

＊

「来週の日曜日、引っ越し祝いをするんだけど、おかあさんたち来れるわよね」

佐和子一家が自由が丘へ引っ越した一ヵ月後、突然電話があった。

「また、ずいぶんと急だね」

「その日しか都合がつかなかったのよ」

自分の都合優先で、こちらの都合を聞こうともしない。本当に勝手なんだからと思いながらも、招待されれば嫌な気はしない。

残暑厳しい九月の日曜日、岬と海人が好きな鯵の干物を持って、仙太郎と和枝は自由が丘の駅から地図を頼りに十数分歩いた。汗を拭き拭き知らない街をキョロキョロしながら歩くせいか、その距離と時間が長く感じられた。

「ここか?」

仙太郎が和枝に確認する。

「地図だと、ここみたいだけど……。まさかこんな大豪邸、お大尽じゃあるまいし」

目の前には、コンクリート打ちっ放しの洒落た三階建ての豪邸が鎮座ましましている。

「そうだよな」

二人は、その豪邸の前を通り過ぎた。

なかなか榎本家の新居が見つからない。

「すみませんが。この住所ってこの辺ですか？」

ちょうど通りかかった宅配便の運転手に地図を見せて確認する。

「この住所だと、そこの角の家じゃないですか」

運転手がさっきの豪邸を指さした。

二人は首をひねりながら引き返し、門の前に立つ。

まさか、こんな豪邸のはずはない。和枝はその瀟洒《しょうしゃ》な建物をしげしげと眺めた。

武蔵小杉のマンションを売却して自由が丘の戸建てに引っ越すと聞いたときは、そんな無理をしたら家計が立ちゆかなくなるのではと心底心配した。

でも、佐和子は、「ローンを組むわけじゃないから心配いらないわよ」と断言した。

「おとうさん、やっぱりここじゃないの」

「なわけないだろ」

「でも……、『ENOMOTO』って表札が掛かってるけど」

表札を見た仙太郎の表情が険しくなった。

持って来た鯵の干物を焼いて、孫たちと一緒にお昼に食べるつもりでいたが、その豪邸が佐和子一家の新居だとわかった瞬間、娘夫婦と孫たちが待つ家を訪れる喜びが戸惑いに変わる。

庶民が一生身を粉にして働いても手に入れることはできないであろう豪邸は、以前ワイドショーで観た歌舞伎役者の家に勝るとも劣らない大きさだった。

仙太郎が、不機嫌な表情のまま玄関の呼び鈴を押す。

「どちらさまですか？」

聞き慣れないかしこまった声がインターフォンから聞こえてきた。佐和子か孫たちの声に迎えられると何の疑いもなく思っていた。期待が裏切られる。

「佐和子の父と母ですが」

そう答えた仙太郎の声が強ばっていた。

ガチャッ！

重厚な扉が恭しく開いた。

「おとうさまとおかあさまでいらっしゃいますね。お待ちしておりました」

ショールームにでもいるような如才ない微笑を浮かべた女性が二人を招き入れた。しかし、その表情からは、娘夫婦や二人の孫に会うことを楽しみに、はるばるやってきた仙太郎と和枝を歓迎するあたたかさも親しみの情も感じられなかった。

一体、ここは何なんだ。

恐る恐る中に入っていくと、仙太郎の不機嫌な表情は仏頂面に変わる。

二人が足を踏み入れたその場所は、レストランでもなければ、ホテルでもない。一般の家庭とも遠くかけ離れた摩訶不思議な空間だった。ばかでかい空間の奥にはホテルの厨房のようなキッチンスペースがある。

そして、そこには大勢の人に囲まれ満面に笑みを浮かべている佐和子がいた。

どういうこと?

固まる二人。

場違いなところに来てしまった。

仙太郎と和枝は、同時にため息をついた。

「迷わずに来られた?」

二人に気づいた佐和子が来客の間を縫うようにして近づいてくる。早回しの映像を見ているようだった。

「岬と海人は……？」

和枝が訊ねた。

でも、その声は佐和子の耳には届いていなかった……ようだ。

「あっ、ごめんなさい。大切なお客様が見えたみたいだから。ゆっくりしてってって」

佐和子はそれだけ言い残すと、小走りで玄関に向かう。

「さわこ先生、本日はおめでとうございます。すばらしいお住まいとキッチンですね。益々のご活躍、期待してますよ」

先生……？　って、佐和子が！

抱えきれないほどの大輪のユリの花束を持った男の甲高く薄っぺらな声が、玄関近くから聞こえてきた。

「まあ、三井《みつい》さん。本日はお忙しいところありがとうございます。そうそう、三井さんに紹介したい方がいるんですよ。東西テレビの敏腕プロデューサー！」

「おっ、それはありがたい。ぜひ」

そのやり取りを見ていた仙太郎が眉をしかめた。

ここにいる人たちは、日ごろ付き合っている地元の人たちとはどこか顔つきが違う。

和枝は、ふとそんなことを思った。

「おとうさん、おかあさん、駅まで迎えに行かずにすみませんでした」

振り返ると修一が立っていた。

「この家は本当にお前たちの家なのか?」

開口一番、仙太郎が訊ねる。

「誰だってそう思いますよね。実は僕も、図面を見せられたとき腰が抜けそうになって、はじめてこの家の玄関に入ったとき、実際に腰が抜けて動けなくなりましたから」

修一がつまらない冗談を言った。

そんな他人事みたいな、と返そうとしたが、言葉が出てこなかった。

「あなたには迷惑かけないって言われて、全く出番なし。端っから、僕は当てにされてなかったみたいです。情けないことに」

と言って顔を歪めた修一の肩を仙太郎が軽くたたいた。

「迷惑かけないって。それが夫に対して言うことかね」

「おかあさん、僕のことは気にしないでください。テキトーにやりますから」

「あっ、おばあちゃん。いらっしゃい」

一年ぶりに会った岬は、驚くほど大人びていた。

「岬の好物の鯵の干物持って来たけど、さっき、あの女の人がどこかへしまったみたいだから、後で焼いてもらって食べなさいね」

「うん、ありがとう」

「海人は?」

「三階の部屋に籠もってる」

「三階?」

「そう。私たちの部屋、三階なの。ここにいてもつまんないでしょ。三階行こう」

お洒落で、華やかで、スマートな人たちで溢れかえっているキッチンスタジオは、自分たちとは無縁の場所のように思えた。名刺交換に余念のない人たちを横目に、仙太郎と和枝は岬に促されて子ども部屋があるという三階へ上がっていく。

「海人。おじいちゃんとおばあちゃんが来てくれたよ」

海人が部屋のドアを開けて顔を出す。

「いらっしゃい」

「ここが、海人の部屋なの?」

「そうだよ。ショールームみたいで落ち着かないけど」

満足げな佐和子に対して、岬と海人、修一の表情が浮かないことが気に掛かる。

南向きのベランダに面した海人の部屋には洒落た家具が並べられていた。海人が言うように、そこは生活臭や人の温もりが感じられないショールームのようだった。ベランダ越しに見える瀟洒な家々に、この辺りが東京でも有数の高級住宅街だということがわかる。

「二人の顔も見たことだし、そろそろ帰るとするか」

到着してからまだ二十分ほどしか経っていないにもかかわらず、仙太郎がそわそわしはじめる。

「えっ、もう帰っちゃうの?」

海人が聞き返した。

「おじいちゃんもおばあちゃんも居心地悪いんでしょ。わたし、二人がここにいたくない気持ちすごくわかる」

「そっか。そうだよね」

ベッドにちょこんと腰を掛けていた仙太郎と和枝を見た海人が小さく頷いた。

「海人、おばあちゃんたちを駅まで送って行って、前にパパと行ったお蕎麦屋さんでお昼食べない?」

「賛成! ここよりお蕎麦屋さんの方が千倍落ち着くもんね」

和枝と仙太郎が孫二人とキッチンスタジオに降りて行くと、アシスタントの女性二人が佐和子の傍で甲斐甲斐しく動き回っていた。マネージャーだという女性が玄関近くに陣取り、入れ替わり立ち替わりお祝いに訪れる人たちを笑顔で迎えている。

何なんだろう。あの偉そうな態度。

大勢の人たちに囲まれて満更でもない様子の佐和子に、和枝は得も言われぬ違和を感じる。

なぜ、私はこんなにも苛立っているのだろう。佐和子の態度に腹が立つのだろう。

客と談笑する佐和子を少し離れたところから見つめながら、和枝は腹の底から湧き上がるおさまりのつかない感情と向き合っていた。

キッチンスタジオの中央に設《しつら》えてある大きなテーブルには、まるで宝石でも入っているかのような仰々しい包装の贈答品が並んでいる。英語だかフランス語だかが書かれた包装紙は、和枝には馴染のないものばかりだった。どれだけ高価なものなのか、想像すらできない。ただ、この豪邸同様、それらの贈答品が、佐和子にも、榎本家にも分不相応だということだけは察しがつく。

仙太郎は、さっきからずっと仏頂面のまま。まるで、「長居は無用だ」と顔に書いてあるようだった。

そろそろ退散するに越したことはない。

帰り支度をはじめた二人に気づいた修一が、「おかあさんたち、もう帰るって」と、佐和子に声を掛ける。修一の声が聞こえたのか、聞こえなかったのかは定かではない。しばらく待ってみたものの、佐和子が来客たちの輪の中から外れて和枝たちのもとにやってくる気配はなかった。

「もはや、お呼びでないようだね」

嫌味のひとつも言いたくなる。

はるばるやってきたにもかかわらず、わずか三十分ほどの滞在で、和枝と仙太郎は佐和子自慢のキッチンスタジオ付き豪邸を後にする。駅まで送ってくれるという岬と海人を伴って。

「せっかく来てもらったのに、居心地の悪い思いをさせてすみません。近いうちに、岬と海人を連れて遊びに行きますから」

玄関先で見送ってくれた修一がすまなそうな顔をした。

「おばあちゃんたちを駅まで送って、お蕎麦食べてくる」

「そっか。それがいい。じゃあ、おとうさん、おかあさん、気をつけて」

しばらく歩いてから振り返ると、修一が名残惜しそうに手を振っていた。

帰りの電車の中でも、仙太郎は必要最低限のことしか話さなかった。

その日を境に、和枝は地元の新鮮食材を佐和子一家に送ることをやめる。

「たまたま本が売れて、多額の印税だか何だかが舞い込んだからって、何をいい気になってるんだろねえ、あの子は」つい、独り言が多くなる。

「人が身体を動かして稼げる額はたかが知れてる。それ以上の金は、勘違いさせるだけだ」

仙太郎がブツブツ言いながら配達に出掛けていった。

＊

修一から、七月一日付で四国の松山に転勤になったと報告を受ける。

「おかあさん、僕のことは気にしないでください。テキトーにやりますから」

自由が丘に引っ越した直後の、諦めたような表情が気になっていた。

あれから二年、修一にとってあの家は、やはり居心地が悪かったのだろうと考えていた矢先、中学三年生になった海人が一人で和枝たちのもとへやってきた。

「夏休みの間、いてもいい?」

「いいけど、ママにはちゃんと言ってきた?」

「一応……」

海人も、あの家にいたくないのでは……。

不安が胸をよぎる。

そんな和枝の気持ちを察したのか、

「何かあったとき、ホッとできる場所があればそれでいいんだ」仙太郎が言った。

「海人、じいちゃん、これから配達に行くけど一緒に来ないか。最近、重い物を持つのがしんどくなってきたから、海人が手伝ってくれると助かるんだけど」

「いいよ」と海人が軽やかに軽トラックの助手席に乗り込んだ。

その日から、二人は楽しそうに配達に出掛けていった。男同士で何を話しているのか気になったが、助手席に座る海人が小学生の頃のような元気な笑顔を取り戻したのを見て、聞くのをやめた。

海人は、和枝が作る三度の食事を「うまい、うまい」と平らげていく。

「生姜焼きとか、ポテトサラダとか、イカフライとか、こういうものが食べたかったんだよね。おばあちゃん、明日のお昼は親子丼作ってくれる?」

「親子丼でいいなら、お安い御用だけど。家では何を食べてるの」

「普通じゃないもの」

「仕事用じゃなくて、お前たちが食べるものだよ」

「そうだよ。付け合わせとかが、やったら気取ってて。普通にしょうゆやマヨネーズで食べればいいものを、わざわざ特製のタレとかをかけちゃうんだよね。だから、ウチのご飯って感じがしないんだ」

「……。で、岬はどうしてるの？」

「どうって、いっつも朝は食べないし、昼は学食かコンビニ弁当じゃないかな？　夜は食べたり食べなかったり」

「育ち盛りなのに、それじゃ栄養がきちんと摂れないでしょ。ねえ、あんた」

同意を求められた仙太郎が、「困ったもんだ」と吐き捨てるように言った。

「冷蔵庫の中はいっつもいっぱいなんだけど、食べたいものが入ってないんだよね。だから、ついコンビニに行っちゃうんだ」

ローンの返済がたいへんで食費にまで回せない、なんて言ってたくせに。高級食材が詰まった冷蔵庫を想像しただけで胸くそが悪くなる。

翌日、めずらしく佐和子から電話が掛かってきた。

「いくら中高一貫校だからって、無条件で高校に行けるわけじゃないんだから、海人にちゃんと勉強するように伝えといて」

母親業を二の次にしてるくせに、いい気なものだ。

「言われなくても、海人はちゃんと勉強してるよ。お前こそ、母親だったら、子どもたちの食事くらいちゃんとしたもの作りなさいよね。料理研究家だかなんだか知らないけど、チヤホヤされていい気になってると、必ずしっぺ返しがあるからね」

「どうしたのよ、急に。食事だったらちゃんと作ってるわよ」

「二人が喜んで食べてるとでも思ってるの」

「どういうこと？　あっ、撮影がはじまるから、また電話する。海人のことくれぐれも甘やかさないでよ。それから、昨日マンゴー送ったから、おやつにでも食べて。宮崎産の最高級品だからおいしいはず」

佐和子が慌ただしく電話を切った。

たまに電話をしてきても、いつも上の空。まともに和枝の話を聞こうとしなかった。最高級品だか何だか知らないけど、マンゴーくらい食べたきゃ自分で買うっていうのに。何なのあの偉そうな態度。

このところの佐和子は、常に上から目線。口の利き方が、以前よりきつくなっていた。

夏休み最終日の前日、

「ちょっと話があるんだけど」

海人が神妙な面持ちで姿勢を正した。

仙太郎と和枝は思わず顔を見合わせる。

「俺さあ、付属の高校に行かずに、島根県の隠岐の島にある高校に島留学しようと思ってんだ。親にはまだ言ってないけど」

「島留学……？」

和枝は、突然のことで何を言われているのかさっぱりわからなかった。

「隠岐の島っていうのは、日本海にある島のことだよな？」

仙太郎が確認する。

「そう。東京にいると息苦しいから」

もしかして……。和枝は海人の顔を覗き込んだ。

「あっ、いじめられてるとかそういうことじゃないから。ただ、有名人の子どもっていうだけでさあ、色眼鏡で見られちゃうんだよね」

「有名人の子どもって……、海人、お前が？」

「そうだよ。母親があんだけテレビや雑誌に出てたら、間違いなく有名人でしょ」

「テレビって言っても、料理番組くらいだよね。佐和子が出てるのは」

「テレビは料理番組と旅番組くらいだけど。ネットで、〝榎本さわこ〟って検索すると、すごい勢いで画像とか評判とかが出てくるんだよね」

「ネット……？」

「そう。俺は検索しないけど、学校の奴らは面白半分で検索するんだよ。それで、お前のかあちゃんチョー人気者じゃん、とか言われて……。ずっと鬱陶しかったんだ」

淡々と話す海人のくぐもった声が和枝をざわつかせる。

「親がテレビに出たり、ネットとかで話題になると、子どもはリスク抱えちゃうんだよ。あんな豪邸、普通じゃ住めないことぐらい中学生だってわかってるから。俺は普通にしてても、セレブは違うよなあ、とかって言われちゃうんだ」

和枝と仙太郎は再び顔を見合わせる。

「だからって、そんな遠いところに行かなくても。ここから、地元の高校に通うってのはどう？」

「実は、それもちょっと考えた。でも、やっぱ遠くの方がいいかなって思ったんだ。全国から来た学生たちが寮生活してるんだけど、島の人が家族みたいに接してくれるんだって。それに、受験勉強のバックアップ体制も充実してて、有名大学へも毎年大勢が進学してるんだ」

「そうか。海人が考えた末に決めたことなら、じいちゃんは応援するよ」

海人の話にじっと耳を傾けていた仙太郎が大きく頷くと、海人は安心したような表情で、「ありがとう」と言った。

「それで、パパとママにはいつ言うんだ？」

「最終の進路希望を出すのが十月の中旬なんだ。だから、その前には言うつもり。ママはいろいろ言うだろうけど、パパは賛成してくれると思うんだ」

「なるほど、それが海人の作戦っていうわけだな」

「そういうこと」と言ってにやりと笑った海人が大人びて見えた。

翌朝、和枝が焼いた鯵の干物を二枚ペロリと平らげると、

「おじいちゃん、おばあちゃん、いろいろありがとう。昨日のこと、くれぐれも内緒だからね」と言い残して、海人は東京に帰っていった。

「海人の気持ちも知らずに、佐和子は一体いつまで浮かれてんだか。一度ハッキリ言ってやらないといけないかもしれないね」

海人を見送りながら和枝がつぶやく。

「お前が口を出すことじゃないだろ。放っておけばいいんだよ」

「修一さんに続いて、海人まであの家を出るなんて言い出して。放っておくわけにはいかないでしょ」

「佐和子たち家族の問題は佐和子たちで解決するしかない。それに、俺たちが思うよりずっと海人はしっかりしてる。アイツなら大丈夫だ」

「そうかもしれないけど……」

松山に単身赴任中の修一は、いつ東京に戻るかわからない。島留学をする海人は、来年の四月には東京を離れるという。いずれ、岬もあの家を出ていくことになるだろう。

あの豪邸に一人残されたとき、佐和子はどうするのだろうか。

佐和子に対する苛立ちと憂いが日増しに大きくなっていった。

そんな和枝の気持ちを知ってか知らでか、佐和子の露出は増え続けている。

「料理研究家榎本さわこ、フランスプロバンスで食材と出会う旅」「イタリアトスカーナの恵みをいただきます」「冬の金沢　美食の宿で過ごす至福のとき」などと題する旅番組に出演しては、旅先からわけのわからない物を送ってくる。

近所の人たちから、「美容院で雑誌を見たら、長谷川さんとこの佐和子さんがカリフォルニアのワイン農場を訪ねた記事が出てたわよ」「長崎でちゃんぽんやカステラ作りに挑戦する番組を観たわ」などと言われることは日常茶飯事。取材を理由に、佐和子が家を留守にする機会が増えているのは明らかだった。

佐和子の留守中、修一と海人が出ていったあの家で、岬はどんな生活をしているのだろうか。気になって何度か電話をしてみたがいつも留守電。

「ご用件のある方はメッセージを残すか、メールでご連絡ください」

気取ったアシスタントの声が空しく繰り返されるだけだった。

海人が島留学すると佐和子たちに伝えた一年後、高校三年になった岬も関西の大学へ進学すると宣言。海人同様、自分の意志を貫いた。

「早くあのウチを出たかったの。学校で、さわこ先生の子どもって言われるのも嫌だったけど、本当は、いっつも家族以外の誰かがいるあのウチが嫌だった。マリさんたちが偉そうにしてるのも鬱陶しかった」

神戸にある大学への進学が決まるとすぐ、岬は一人で報告にやってきた。

「そんなに居心地悪かったの？」

「まあね。さわこ先生は、あの豪邸に満足してるみたいだけど。家族はたまんないよ。

セレブはいいよね、とかってイジられるんだから」

話の内容も然《さ》ることながら、母親のことを〝さわこ先生〟と呼んで突き離す岬が不憫で仕方ない。

「それに、海人が島留学するって言い出したとき、超焦った。だって、わたしの方がずっとイライラしてたのに。中学生のくせして、海人が密《ひそ》かにあのウチを脱出する計画を立ててたんだもん」

同じ家に住んで毎日顔を合わせていれば、子どもたちのちょっとした変化に気づきそうなものだ。でも、佐和子は、海人や岬が不満を募らせていることに、全く気づいていなかったようだ。

「さわこ先生は、さわこ先生の道を行けばいいと思う。でも、それに巻き込まれるのは嫌。だから、出ていくって決めた。たぶん、海人も同じなんじゃない」

「で、ママは何て?」

「何度も相談しようとしたんだよ。わたしが出ていったら、あのウチ、さわこ先生一人になっちゃうでしょ。突然じゃ、さすがにかわいそうかなって思って」

「……」

「でも、いっつも忙しそうで。『ママ、ちょっといい?』って聞いても、『何? 急ぐの？　急がないんだったら後にして』って言われて、それっきり。そんなことが何度もあって、そのうち相談する気なくなっちゃった」

「そうだったの……」

「さわこ先生、自分のことで頭が一杯みたい。何を言っても上の空だし、わたしのことなんて、どうでもいいんじゃないかな」

仕事優先の母親に対する反発心が、岬の言葉の端々から伝わってくる。

「娘にこんなことまで言わせて。家族が一番大事だなんて、よく言えたもんだよ」

憤る和枝に対して、仙太郎は黙って岬の話を聞いているだけだった。

「別に、おばあちゃんが気にすることないって。もう、ママには期待してないから。それに、神戸からだとパパが住む松山も海人がいる隠岐の島も近いから、三人で会うこともできるじゃん。関西人ってノリがいいっていうから、大学生活すごく楽しみなんだ」

「ならいいけど。身体を大切にして、一所懸命勉強するんだよ」

「うん。わかってる。そうだ。おじいちゃんと一緒に遊びに来て。案内するからさ」

「そうだね。そのうち行かせてもらうよ。ねえ、あんた」

仙太郎は和枝の問い掛けに答えることなく、プイッとどこかへ行ってしまった。

豪邸にたった一人残されても、テレビ画面の中の佐和子はめげているようには見えなかった。相変わらず、「家族が喜ぶ顔を励みに、毎日料理を作っています」「家族と囲む食卓を何より大切にしてます」と繰り返している。テレビに出はじめた頃の野暮ったさや初々しさは消え、「先生」と呼ばれることに何の疑いも持っていないようにも見える。

佐和子は、一体どこに向かっているのだろう。

娘の変化についていけずにいた。

特に、最近の佐和子の金銭感覚は、庶民のそれとは一桁も二桁も違っている。松阪牛や松葉ガニ、マスカットやマスクメロン……、誰が見ても高級品だとわかるものを旅先やデパートから頻繁に送ってきた。

つい先日も、気取ったパッケージのチョコレートをお隣さんにお裾分けしたら、「こんな高価なもの、庶民にはなかなか手がでないわよ」と恐縮されてしまった。

「そんなに高価なの?」

「だって、このチョコレート、一粒五、六百円するらしいよ」

「五、六百円! 一粒で?」

値段を聞いて、思わずのけぞった。

「そうだよ。この間、テレビでやってたけど、フランス人のショコなんとかっていう人が作ってるらしくて」

「ショコなんとか？」

じゃ、ショコ……。そうそう、ショコラティエ。チョコレートを作る職人のことをフランスじゃ、ショコラティエって言うみたいよ」

五百円あったら、海苔弁当をひとつ買っておつりがくる。

十円、二十円を気にしながら、大根一本、卵一パックを選ぶ庶民の金銭感覚とは、完全にかけ離れてしまったのかもしれない。

仙太郎は、「頭に血が上っているうちは、お前がいくら言っても無駄だよ」とにべもない。佐和子が送ってくる高級品も、「俺は食わないからな」と手を出さなかった。

＊

岬が関西の大学へ進学し四カ月ほど経ったころ、和枝と仙太郎宛てに一通の招待状が届く。

差出人は、料理研究家榎本さわこと出版社の社長の連名。佐和子が五年前に出したはじめてのレシピ本『家族の笑顔が弾ける食卓』が累計で百万部に達し、その後に出版した数冊の合計部数が二百万部を超えたらしく、それを記念したパーティーが赤坂のホテルで開かれるというのだ。

仙太郎は、「どうせ、宣伝目的のパーティーだろ。担がれて出る佐和子も佐和子だけど、喜んで出掛けるヤツも出掛けるヤツだ。行きたきゃ、お前一人で行ってこい」と不機嫌極まりない。

仙太郎の言う通り。引っ越し祝いのときのことを思うと気が重い。おべんちゃらを言う取り巻きたちに囲まれて、その気になっている佐和子を見てもイライラするだけだと予想もつく。

ただ一方で、やはり気になる。さて、どうしたものかと迷っていたところに、佐和子から電話が掛かってくる。

「おとうさんとおかあさんの席は確保してあるから、必ず来てよ」

「おとうさんは行かないって言うから、私一人でと思ってるんだけど。一体、どんな人が来るのかと思って」

「招待客は、クライアントやメディア関係者、それから抽選で選ばれた読者の代表。大体五百人くらいになると思う。仕切りはすべて出版社の宣伝部がやってくれてて、ウチの窓口はアシスタントのマリさんだから、細かいことはわからないのよね」

「五百人！　そんなに大勢……」

「当日は、スタッフにおかあさんのアテンドやってもらうから心配しないで」

「そういうことじゃなくて。修一さんや岬や海人は出席するの？」

「ううん。平日だから三人とも無理だって」

「だったら、私もやめとく」

「家族が一人も来ないっていうのも変だから、おかあさんは必ず来て」

それだけ言うと、佐和子は慌ただしく電話を切った。

「招待客、五百人だって」

「だから、宣伝目的だって言っただろ」

「そうかもしれないけど……、気になるから行くだけ行ってみる」

「勝手にしろ」

仙太郎は軽トラックでどこかへ出掛けてしまい、しばらく帰ってこなかった。

パーティー当日、和枝は佐和子の成人式のときに仕立ててもらった紋付きの色無地を地元の美容院で着付けてもらい、一人東京へ向かった。招待状に同封されていた地図を見ると、ホテルは地下鉄の赤坂見附《あかさかみつけ》駅からそう遠くなさそうだ。でも、不慣れな和枝は、迷うといけないからと東京駅からタクシーに乗る。

パーティー終了後、佐和子は関係者との打ち上げがあると聞いていたので、和枝はパーティーがおこなわれるホテルの部屋を予約してもらった。孫たちがいない家に行ったところで、さびしいだけで何の楽しみもないし、翌朝には帰るつもりだったからだ。

タクシーがホテル正面玄関の車寄せに停まると、ドアボーイが「いらっしゃいませ」と丁寧に頭を下げ、和枝のボストンバッグを持とうとした。

「持てますから結構です」

大きなスーツケースならいざ知らず、小さなボストンバッグを他人様に持ってもらうなんてことには慣れていない。自分の持ち物は自分で持たないと気が済まない性分だった。

親類の冠婚葬祭で何度か高級ホテルに来たことはある。でも、宿泊するのははじめてだった。ロビーが広すぎて、どこでチェックインをしたらいいのかさっぱりわからない。

「チェックインはどこでするんですか?」ドアボーイに訊ねると、「こちらでございます」と、レセプションと書かれたカウンターに案内してくれた。

「予約した長谷川和枝です」

名前を告げる。

「お待ちしておりました。長谷川和枝さまでいらっしゃいますね。こちらの用紙にお名前だけご記入いただけますでしょうか？　お支払いは済んでおりますので」

状況を理解するのに数秒かかる。佐和子が支払ったのか、出版社が支払ったのかはわからない。でも、何だかスッキリしなかった。

案内されて、エレベーターで七階の七二五号室に向かう。

部屋に入ってテーブルに目をやると、

「パーティー開始時刻になりましたらお迎えに参りますので、それまでゆっくりテレビでもご覧になってお待ちください。さわこ先生のアシスタント　久保田洋子《くぼたようこ》」と書かれたカードが置いてあった。

そんなことを言われても、高級ホテルの部屋でゆっくりできるわけがない。テレビをつけてソファーに腰を下ろすと、喉がカラカラだということに気がついた。

用意されていた紅茶を飲みながら、いつも観る夕方のニュースにチャンネルを合わせてみたが、内容がまったく頭に入ってこない。パーティー開始時刻の午後七時になるまで、何度、時計を見たことだろう。

トントン。

午後七時十五分前、部屋のドアをノックする音がした。

「さわこ先生のアシスタントの久保田です。まもなくパーティーがはじまりますので、お迎えに参りました」

ドアを開けると、ひざ丈の黒いレースのワンピースを着た女性が立っていた。まるで、七五三の付き添いの母親のようにめかしこんでいる。

「佐和子の母です。いつも娘がお世話になっております」

和枝は頭を下げた。

洋子に付き添われてパーティー会場に向かうと、会場前のロビーは、ドレスアップした大勢の人と数えきれないほどの祝い花のスタンドで埋め尽くされていた。しかも、その祝い花の大きさと豪華さが半端ではない。大輪のバラやユリ、胡蝶蘭など、庶民には到底手が出ないような高価な花々が所狭しと並べられていた。

会場の入り口では、出版社の社長らしきタキシードを着た男性と黒のロングドレス姿の佐和子が招待客を笑顔で迎えている。

「さわこ先生、本日はおめでとうございます」

「ご招待いただきありがとうございます」

着飾った女性たちとスーツ姿の男性たちが佐和子に恭しく頭を下げて、会場に吸い込まれていく。日本を代表する高級ホテルで五百人もの人を招待しておこなわれるパーティーの主役は、紛れもなく娘の佐和子だった。

母親なら、娘の晴れ姿に目を細めるのだろうか。娘の成功を喜び、誇らしく思うのだろうか。なんてことを考えながら、和枝はロビーの隅からその様子をぼんやりと眺めていた。

「おかあさま、そろそろ参りましょうか」

招待客がほぼ入場し終わった頃、洋子から声を掛けられた。

会場に入ろうとする和枝を、

「社長、母です」と、佐和子が紹介した。

「これはこれは、おかあさま。本日はようこそお出でくださいました。さわこ先生には、たいへんお世話になっております」

社長が深々と頭を下げた。

「佐和子の母でございます。こちらこそ、娘がお世話になっております。また、本日はこのような会をありがとうございます。心より感謝申し上げます」

和枝も社長以上に深く頭を下げた。

洋子の後について向かった先は、ステージ前中央に位置する特等席。スーツ姿のVIPたちで、和枝の席以外はすでに埋まっていた。

「こちら、さわこ先生のおかあさまです」

洋子が和枝を紹介すると、VIPたちは一斉に立ち上がり、次々に名刺を差し出した。名刺をもらった経験などないに等しい。どうしたものかと戸惑いながら差し出された名刺を受け取り、ようやく席についたものの、同じテーブルに座る人たちの話の輪に入ることができなかった。

そりゃそうだ。共通の話題などないのだから。

「ほら、だから言っただろ」

冷ややかな仙太郎の声がどこかから聞こえてくる。

「おかあさま、何をお飲みになりますか?」

洋子に聞かれ、「ウーロン茶はありますか?」と答えた。

VIPたちはシャンパンを片手に談笑している。

「とんだところに来てしまった」と思ったときだった。

明かりが落とされ、会場が真っ暗になった。

ドゥルルルドゥルルルルルル……!

大袈裟すぎるドラムの音が会場中に響き渡ると、ステージの中央にはスポットライトを浴びた佐和子が立っていた。

「ただいまから、料理研究家榎本さわこ先生の御著書発行累計二百万部突破記念パーティーを開催いたします」

テレビでときどき見かける男性アナウンサーが高らかに開会の宣言をした。

割れんばかりの拍手が巻き起こり、同じテーブルの人たちから、「おめでとうございます」と声を掛けられた。「ありがとうございます」と応えたものの、居心地の悪さが解消されることはなかった。

ステージに登場した出版社の社長が主催者代表としてあいさつをする。

その内容は、佐和子の作る料理が女性たちから絶大な支持を得ていること、佐和子自身の人気も然ることながら、佐和子の生活スタイルそのものが「さわこスタイル」と言われるほど世の女性たちの憧れになっていることなど。これでもかというくらい佐和子を持ち上げるものだった。

歯の浮くような賛辞も、ここまでくると笑うしかない。

こんなお世辞を面と向かって言われたら、普通は尻がこそばゆいと思うのだが……。

佐和子は満更でもなさそうだった。

続く来賓のあいさつは、日本有数のキッチングッズメーカーの企画担当部長。佐和子が監修を務めている「さわこブランド」は、発売以来好評を博していて、そのメーカーにとってなくてはならないブランドに成長したと、感謝の弁を述べた。

佐和子そのものが商品なのだろう。

いずれ、佐和子の価値も、多くの情報や商品同様、消費され、消えゆく運命なのだと、和枝は冷静に受け止めていた。

続いて、佐和子のファンだという女性タレントが指名され、乾杯のためにステージに上がり佐和子の隣に並ぶ。オフホワイトのノースリーブのワンピースを着た彼女は、テレビで観るよりずっと小柄で痩せていて顔が小さかった。

乾杯を終えた女性タレントと佐和子がステージ上でハグをする様子も、どこか芝居がかっていて鼻につく。

「本日のお料理は、さわこ先生のレシピをホテルの一流シェフが再現したものです。メニューはお手元にお配りしておりますので、後でゆっくりご覧いただくとしまして、まずは、さわこ先生の絶品料理を存分にご堪能くださいませ」

司会者が大袈裟に紹介すると、招待客が一斉に立ち上がり、料理が並ぶ中央のテーブルに列を作った。

和枝はテーブルに置かれたメニューを見てため息をつく。

「菜の花のオリーブオイル和えさわこ風」「大葉風味のタコとマッシュルームのアヒー

ジョ」「牧場のミルクで作るポテトグラタン」「子どもたちの目が飛び出るほどの大好物スコッチエッグ」「榎本家のお祝い事に欠かせない母直伝のサイコロちらし寿司」など、どうってことない料理にもっともらしい名前がつけられている。

かき揚げもまともに揚げられなかったくせに、さわこ風とは笑わせるじゃないか。しかも、母直伝だって。私は、新鮮な魚介類をこんなチマチマした切り方にした覚えはないからね。

皮肉のひとつも言いたくなる。

ステージから降りて、会場の中央に向かう佐和子を、抽選で選ばれたという読者の代表たちが取り囲む。

「さわこ先生、お写真よろしいですか？」

「本日はおめでとうございます。さわこ先生の本は全部持ってます」

「今日は、お目にかかれて感激です」

笑顔で写真撮影に応じる佐和子は自信に満ち溢れていた。

人気料理研究家になった佐和子と、佐和子との記念写真に興奮を隠せない読者代表の女性たち。この両者のどこに違いがあるのだろうか。

ステージ上では、ゲストが次々にお祝いのコメントを述べている。テレビ局のプロデューサーに広告代理店の企画部長、テレビや雑誌で見かけるモデルもいればスポーツ選手もいる。

五百人の招待客とスタッフは、佐和子にとってどんな存在なのだろう。何かあったとき、彼らは佐和子を支え、守ってくれるのだろうか。いや、守っても支えてもくれないだろう。夫の修一は松山に、娘の岬は神戸に、息子の海人は隠岐の島にいて家族はバラバラ。本来、支え合うべき家族がここには誰もいなかった。

二時間のパーティーは、アシスタントの洋子とマリが佐和子に感謝の言葉を述べ、三人が感激の涙を流しながら抱き合って幕を閉じた。

一刻も早く部屋に戻って横になりたかった。

和枝は、出版社の社長とスタッフにお礼を伝えると、部屋まで送るという洋子の申し出を断って、早々に部屋に引き上げた。

帯を解くと、疲労感が緊張感に取って代わった。会場では飲み物以外、ほとんど口にしていないにもかかわらず、まったく空腹を感じなかった。

長い一日だった。

熱いシャワーを浴びるとベッドに倒れ込んだ。疲れているというのに目がさえてなかなか眠れない。慣れないベッドの上で、何度も寝返りを打った。

長谷川家に嫁いでからというもの、和枝はずっと家族のために生きてきた。舅や姑に気兼ねし、自分のことは常に二の次。和枝自身の人生を顧みる余裕さえなかった。不満がないと言ったら嘘になる。でも、それが当たり前だと思っていた。

結婚後、専業主婦になった佐和子も、家事は頼りなくとも和枝と同じように家族第一だったはず。でも、今の佐和子は家族をほったらかしにして自分の人生を生きている。

私は、佐和子に嫉妬しているのだろうか。

成功を羨んでいるのだろうか。

ざわつく気持ちを抑えられないまま、一人ホテルの部屋で朝を迎えた。

とうとう、佐和子は電話ひとつ寄越さなかった。

「おとうさんとおかあさんの席は確保してあるから、必ず来てよ」なんて言っておきながら、パーティー会場でも、労いの言葉ひとつ掛けてこなかった。

お呼びでないなら、呼ばなきゃいいのに。

「家族が一人も来ないっていうのも変だから、おかあさんは必ず来て」

佐和子が電話で言ったことを思い出すとしゃくに障る。

ダシに使われたような悔しさとぞんざいに扱われた寂しさを抱えて帰路に就いた。

家に帰っても、仙太郎はパーティーについて何ひとつ聞いてこなかった。

一週間後、悶々としていた和枝のもとに、深夜、修一から電話が掛かってくる。

「明日発売の週刊誌に、我が家のことが載るらしいんですよ」

「週刊誌に？」

「はい。『人気料理研究家榎本さわこが演じ続ける理想の家族の実態』とかいうスクープ記事が掲載されるみたいで。ワイドショーでも取り上げるようですから。マスコミが来ても、一切応じないようにしてください」

ワイドショー……。頭が真っ白になった。

「それで、岬と海人は？」

これだけは聞いておかなければ、と思った。

「二人は、夕方ホテルに移動させました。しばらく、そこに泊まらせるつもりですから、心配いりません」修一は慌ただしく電話を切った。

「だから言わんこっちゃない。調子に乗ってるからこんなことになるんだ」

仙太郎が声を荒らげた。

翌朝、いの一番に新聞のテレビ番組表を見る。

修一が言った通り、各局のワイドショーは佐和子一家について報じるようだ。

「誰に何を聞かれても何も言うなよ。いいか、ひと言でも余計なことをしゃべるんじゃないぞ。それから、今日はふらふら出歩くな」

「わかってますって」

その日、和枝は一歩も外に出なかった。

狭い町では、誰もが料理研究家の榎本さわこが長谷川酒店の娘であることを知っている。日頃、「長谷川さんとこの佐和子さんはすごいよね」と羨ましげに声を掛けてくる人たちにとって、これ以上の退屈しのぎのネタはない。あることないこと、尾ひれがついて語られることは予想できる。

実際に外に出なくても、店には、「いろいろたいへんだね」なんて言いながら様子を見にくる人が後を絶たない。

「単身赴任中の婿さんに愛人がいるんだって」

「お孫さんたち、東京の学校でいじめに遭って転校したらしいじゃないの」

ワイドショーで仕入れたネタを確かめようと、いろいろ詮索しては帰っていく。その日一日だけで何度ため息をついたことだろう。

「おばあちゃん、そっちは大丈夫？」

岬から電話があったのは夜十時を少し回った頃だった。

「おばあちゃんたちは大丈夫だけど、お前たちは、いまどこにいるの？」

「パパが手配した鳥取のホテル。マスコミもここまでは来ないだろうって」

「そう。とにかく気をつけるんだよ」

「うん。それより、週刊誌やワイドショーを真に受けないでね」

「わかってるって。マスコミは面白おかしく取り上げてなんぼだからね。それで、いつまでそのホテルにいるつもりなの」

「パパからは三、四日って言われてる。たいしたネタじゃないから、三日もすれば飽きられて、次の話題に移るだろうからって」

スキャンダルの渦中にいるというのに、岬は動揺することもなく落ち着いていた。

「ならいいけど」

「私も海人も大丈夫だから心配しないで。じゃあ、また連絡する」

気のせいだろうか……。

岬の声がいつもより弾んでいるように思えた。

マスコミの餌食になっている佐和子一家のこれからが気になりながらも、正直ホッともしていた。一週間前のパーティーで決定的になった佐和子に対する違和感。スポットライトを浴びて悦に入っている様は、仲良しグループの一番後ろをついて回っていた佐和子とは全くの別人。夫や子どもたちとの心の溝にも気づかず自ら進んで虚像を演じていた。

そうまでして佐和子が守りたいものは、人気料理研究家という地位なのか、高収入なのか、それとも先生と呼ばれる快感なのか。

人を変えてしまうのは、お金だけでない。取り巻きが人を変えてしまう。取り巻きほど恐いものはない。

今回のスキャンダルがきっかけで、佐和子一家が元の生活を取り戻すことができるなら、それでいい。佐和子が目を覚ましてくれるなら、願ったり叶ったりだ。噂も直におさまるだろう。

そんなことを思いながら、鯵の干物を焼いていると、

「おごる平家はナントカって言ってな。放っておけばおさまるところにおさまるもんだよ」茶の間から仙太郎の独り言が聞こえてきた。

ママって、何様？

バキューン！

テレビ画面に向かってピストルを撃つ真似をする。

自宅のソファーで、パジャマ姿のまま寝転んでテレビを観ていた榎本岬は、側にあったリモコンでテレビのスイッチを切った。

「子どもたちの喜ぶ顔が見たくて、毎日早起きしてお弁当を作っています。空になったお弁当箱を見ると、明日もおいしいものを作ろうって励みになるんですよね」

画面の向こう側には、得意そうに語る人気料理研究家の榎本さわこがいる。

また、わたしたちのことダシに使ってるよ。

岬は、コンビニで買ってきたドーナツの食べ残しをリビングのテーブルに放置したまま、クラスメイトにLINEでメッセージを送る。

「三時間目には行くから。先生に、昨日から風邪気味だったとかテキトーに言っといて」と。

キッチンのテーブルの上には、朝食と弁当が置かれている。

昨日の夜、「明日はテレビの収録で朝七時前に家を出るけど、朝ご飯とお弁当は用意しておくから」と、言っていたような気がする。でも、もはや、そんなやり取りさえも鬱陶しかった。

岬は母親が作った朝ご飯を食べず、母親が用意した弁当を持たずに学校へ向かう。岬にとって、母親が作るものは恩着せがましい以外の何ものでもない。しかも、しばらく前から、アシスタントの洋子に弁当作りを任せていることにも気づいていた。

岬の母親の本名は榎本佐和子。料理研究家として仕事をするときは、親しみやすさを強調して、さわこと平仮名にしている。そして、最近では、「さわこ先生」と呼ばれて満更でもなさそうだった。

ママのどこが先生だっていうの。

栄養士や調理師の資格を持ってるわけじゃないし、プロになるための修業をしたこともない。普通の主婦のママが先生って、意味わかんない。

そもそも、料理研究家って何？

先生と呼ばれるような職業なの？

呼ぶ方も呼ぶ方だけど、呼ばれてその気になってるママもママだ。

ただ、それだけなら、まだ我慢もできる。でも、さわこ先生ったら、テレビや雑誌に出まくるものだから、「さすが、セレブ！」とか、「さわこ先生は、子どもたちの喜ぶ顔が見たいらしいよ」とか、わたしまでいろいろ言われてしまう。ホント迷惑だし、イライラする。

まさに、子の心、親知らず。岬が母親に対して苛立ちを募らせていることに、佐和子は全く気づいていない。

＊

ほんの二年ほど前まで、岬は東急東横線の武蔵小杉駅から徒歩十五分の3DKのマンションに住んでいた。サラリーマンの父修一と専業主婦の母佐和子、二つ年下の弟海人との四人家族。母がレシピ本を出すまで、榎本家は絵に描いたような平々凡々な家庭だった。

岬は、母と一緒によく近所のスーパーに行き、買い物をしながら二人でいろいろな話をした。母は、特売の肉や魚を念入りに選んでは、ハンバーグや餃子、カレーなど、岬と海人が好きなものを作ってくれた。

「今日は作るのが面倒だから、お惣菜買って帰ろうかな」

「賛成！　わたし、カニクリームコロッケがいい」

焼き鳥やカニクリームコロッケは、母が作るものより出来合いの惣菜の方が断然おいしかった。だから、「面倒だから」という日を、実は楽しみにしていたのだ。

週末に家族揃って横浜のデパートへ行き、駅前にある老舗のレストランで食事をすることも、月に一度の恒例行事のようなものだった。そこのシュウマイは家族全員の大好物で、海人はいっぺんにふたつも頬張って、よく母に注意された。シュウマイをつまみにビールを飲む父も嬉しそうだった。

でも今は、自由が丘の駅から徒歩十数分のところにある三階建の豪邸に住んでいる。クラスメイトや世間の人たち、マスコミが豪邸というから、豪邸なのだろう。念のため辞典で調べてみると、「豪邸とは大きくてりっぱな屋敷」と書かれていた。

岬が中学三年、海人が中学一年の夏休みに、榎本家はその豪邸に引っ越した。そして二人は、川崎市立の公立中学から都内にある授業料がバカ高い私立の中高一貫校に編入した。

大人の事情はよくわからない。でも、母が父の何倍も稼ぐようになったということは、両親の会話から推測できた。

豪邸の一階は、キッチンスタジオと呼ばれ、雑誌の撮影やテレビの収録が頻繁におこなわれている。キッチンスタジオだけでも武蔵小杉のマンションよりずっと広い。そして、母が「マリさん、洋子さん」と呼ぶ二人のアシスタントが毎日やってきて、鍋やフライパン、ガス台やシンクをピッカピカに磨き、食材の買い出しや料理の下ごしらえなどをこなしている。

「料理研究家は女性たちの憧れの職業なのよ」

マリがキラキラした目で話してくれた。別に、聞いてもいないのに。

キッチンスタジオには、フランス製やイタリア製のお洒落で機能的なキッチングッズや人気ブランドの食器、伊万里や備前の窯元で焼いてもらったという高価な器がずらりと並んでいる。その気取った雰囲気といったら、まるでショールーム。岬には違和感ありありの空間にもかかわらず、マリと洋子は呆れるくらい張り切っていた。

引っ越してきたばかりの頃は、珍しさと好奇心も相まって、キッチンスタジオの隅っこで、彼女たちが料理をする様子や撮影の光景を眺めて過ごした。

「さわこ先生、グラタン皿はこれでよろしいですか」

「さわこ先生、挽肉の量、もう少し増やしましょうか」

しばらくすると、マリと洋子の甲高い声が耳について離れなくなる。

出版社やテレビ局の人から「さわこ先生、さわこ先生」と呼ばれ、母親がそれを当たり前のように受け入れているのを見るたびに、違和感が嫌悪感に変わっていった。

学校から帰ると、キッチンスタジオにはいつも誰かがいた。買い物にもマリと洋子が必ずついてくる。結果、母と娘がああでもないこうでもないと四方山《よもやま》話に花を咲かせる機会は少なくなる。日常の何気ない楽しみを奪われ、撮影や打ち合わせを理由に、家族よりスタッフとの時間を優先させるのだから、神経が徐々にささくれ立っていった。

日々、大量の食材が運び込まれるキッチンスタジオでは、スタッフ総出で撮影用の料理が作られている。フードスタイリストがランチョンマットの上にナイフやフォーク、箸などをセンスよく並べ、食卓をお洒落に整えていく。見栄えをよくするために、盛り付けられた料理の表面に刷毛で油を塗ることもあれば、野菜に霧吹きで水を吹きかけることもある。そして、最高のアングルでカメラマンがシャッターを押す。

料理番組や雑誌に登場するお洒落なキッチンや食卓がフィクションだということくらい、岬にも予想はついた。でも、実際に制作の裏側を見てしまうと、料理研究家榎本さわこに関するすべてが嘘臭く思えて、シラケてしまうのだった。

そんな岬の気持ちを逆なでするかのように、榎本さわこの露出は増え続ける。平凡な主婦だった佐和子があれよあれよという間に人気料理研究家になったことを、マスメディアは現代のシンデレラストーリーと紹介し、祭りあげた。

＊

「岬、見て。ママが作った料理が雑誌に載ってるのよ」

小学校から帰ってくると、出版社から送られてきた雑誌を見せられる。

岬と海人が学校に行っている間、母がパートでフードコーディネーターの手伝いをしていることは知っていた。だから、母親の料理が雑誌に載ったのも、特に驚きはしなかった。

ただ、どうもしっくりこない。

「いつもママが作るハンバーグとちょっと違うような気がするけど」

思ったことをそのまま口にした。

「プロのスタイリストとカメラマンの手に掛かると、ママの料理もこんなに素敵になるんだから、ホントに不思議よね」

母が嬉しそうだったので、岬は、ならいいか、と深くは考えなかった。

岬が中学一年のとき、母はレシピ本『家族の笑顔が弾ける食卓』を出版した。「編集者の山上さんが、評判がいいのでぜひ一冊にまとめましょうって勧めてくださったのよね」と言って喜んでいたことを、ぼんやりと覚えている。

そのレシピ本が三十万部を超えるベストセラーになったと知ったのは、しばらく経ってからのこと。三十万部と言われても、それがどれだけすごいのかはわからなかった。ただ、「三十万部の印税は、パパの年収の四倍から五倍になるらしい」と聞き、かなり驚いた。

「ねえ。ボクんち、お金持ちになったの？」

ある日の朝、ゆで卵を頬張っていた海人が父に訊ねた。

「どうしたんだ、急に」

「友だちが言ってたんだ。ウチのママは、パパが何年も働いたお給料と同じお金を一冊の本で稼いだって」

父が眉をひそめた。

「誰が言ったか知らないけど、ウチはいままでと変わらないから」

そう説明する父は、正面に座る母と一度も目を合わせなかった。

ここ最近、確かに母は忙しそうだった。外出する機会が増え、出掛けるたびに大きな紙袋をいくつも抱えて帰ってくる。新しいブラウスやスカートの数が増え、靴とバッグも、いつの間にか、有名ブランドのものに変わっていた。

冷蔵庫の中身も徐々に変わりはじめている。おやつのプリンがスーパーのものから有名パティシエのお店のものに。安価な鶏むね肉が名古屋コーチンに。オージービーフが和牛に。小さな頃からずっと母親と一緒に買い物に行っていた岬は、母が値段を確かめることなく食材や食品をカゴに入れるようになっていることに、少し前から気づいていた。

朝食を途中で切り上げた父が、「今日、遅くなるから」と言い残して、いつもより早く家を出た。

ママが変わりはじめている。

何となく感じていたことが、その朝、確信に変わった。

『家族の笑顔が弾ける食卓』の出版から一年も経たないうちに、母は新たなレシピ本を出版し、雑誌だけでなく、テレビにも頻繁に出演するようになった。

「撮影ができるキッチンスタジオ付きの家を買おうと思ってるんだけど」

日曜日の午後、ソファーに寝転んでゴルフ中継を観ていた父に向かって、母が、まるでカーテンを買い替えるかのような口調で話し掛けた。

不意をつかれた父の目が点になる。

すでに資金の目処もついていて、自由が丘にある物件を改装して一階をキッチンスタジオにするつもりでいると、何枚かの用紙を見せながら説明をはじめた。

岬は、二人の顔を交互に見ながら様子を窺った。饒舌な母と言葉少なな父。母はとても張り切っていて、父は浮かない顔をしていた。

パパは反対なんじゃないかな？

直感的にそう思った。

でも、父は、「ママの好きなようにすればいいさ」とだけ言った。

父が、一所懸命働いて返済すると言っていた住宅ローンは一体どうなるのか。キッチンスタジオ付きの家を手に入れるのに、どれくらいのお金が必要なのか。聞いてみたいことがたくさんあった。

でも、聞けなかった。

パパとママ、どっちに聞いたらいいのかわからなかったし、聞いたらいけないような気がしたからだ。

半年後、母主導で進められたキッチンスタジオ付きの豪邸の改装が終了した。

榎本家は武蔵小杉から自由が丘の新居に移り、家具も、キッチン用品も、電化製品も、何もかもが一新された。３ＤＫのマンションで営んでいた家族四人の十五年の暮らしぶりを思わせるものは、引っ越しと同時に消えてなくなった。

新居にはじめて足を踏み入れたとき、想像以上の大きさに足がすくんだ。

「これからは、思う存分お料理ができる」とはしゃぐ母に対して、父の表情は強ばったままだった。

「もう、俺の出番はなさそうだな」

玄関先で父がボソッとつぶやいた。

三階にあるという自分の部屋へ向かう。ベランダに面した南向きの二部屋が海人と岬の部屋だった。ふかふかのベッドに寝転がって天井を眺めていたら、運動会が終わった後の校庭に一人残されたような切なさに襲われた。

「やっべー。この部屋、超ホテルみたいじゃん」

開け放した窓からベランダ越しに海人の声が聞こえてくる。まるで不安や困惑を打ち消すように、わざとはしゃいでいるみたいだった。

ここは、テレビ局か！

思わず突っ込みを入れたくなるほどの規模と設備を誇るキッチンスタジオが、岬を不機嫌にさせる。

子どもの頃からずっと、母が料理を作る姿を眺めているのも、一緒に料理を作るのも好きだった。

「小さく刻めば気がつかないと思うから、海人の嫌いなピーマン混ぜちゃおうか」と言いながら、一緒にハンバーグのタネをこねた。

「おばあちゃんが鯵を送ってきてくれたんだけど、岬は鯵フライと蒲焼きとどっちがいい?」なんて会話を交わしながら、一緒に下ごしらえをした。

ただ……。新居のキッチンからは、そんなささやかな喜びを母と共有できる雰囲気が全く感じられなかった。

巨大なスペースには、業務用の大型冷蔵庫が二台に冷凍庫が一台。四つ口のガスコンロが二台にシンクがふたつ。見たことがないような調理器具や電化製品が所狭しと並んでいた。アシスタントのマリと洋子の張り切り具合が半端ではない。まるで自分の家であるかのように我が物顔に振る舞っている。

水を飲むグラスがどこにあるかわからずウロウロしていると、「岬さん、グラスはこっちの棚で、コーヒーカップはその隣。お皿は上から三段目」と偉そうに言われた。コーラを飲もうと冷蔵庫の中を覗き込んでると、「アップルパイがあるけど、食べるなら切ってあげるわよ」なんて上から目線で声を掛けてくる。

何で、家族でもないあんたたちに、そんなこと言われなきゃいけないわけ。

二人の態度が岬のイライラを加速させる。

気持ちを鎮めたくて、ここに来る途中、車の中から見たコンビニへ歩いて向かう。車で前を通ったときには近く感じたコンビニは、思ったよりずっと遠かった。

何で、こんなに遠いのよ。ホント、ムカつく。毒突きながらとぼとぼ歩いた。

豪邸がある街のコンビニにも、当たり前だけど、武蔵小杉のマンションのすぐ近くにあったコンビニと同じ商品が並んでいた。岬がコーラとジャムマーガリンコッペパンとポテトチップを買ってコンビニを出ようとすると、海人と鉢合わせになった。

「ねえ、岬はあのウチどう思う?」

すれ違いざまに、海人が聞いてきた。

「どう思うって?」

海人が言いたいことは何となくわかった。でも、わからない振りをした。

「あのウチ、自分のウチっていう気がしなくない?」

「そのうち慣れるんじゃない。住めば都とか言うし」

心にもないことを言う。

「そんなもんかな」

海人は気のない返事をして、そのままコンビニの奥に入っていった。

豪邸での第一日目がゆっくりと過ぎていく。新しい家での生活がスタートしたというのに、気持ちはどんより沈んだまま。上向く気配がない。

新たに与えられた部屋は、いままでの二倍の広さがあり、センスのよい家具が置かれている。でも、それは岬が選んだものではなく、母の理想を具現化したものだった。

ベランダから見える街の風景も、どうもしっくりこない。

ここが我が家だと思える日がくるのだろうか……。見慣れない風景を眺めながらぼんやりしていると、妙に興奮気味な母の声が聞こえてくる。

「お待たせ。お腹すいたでしょ。夕ご飯にしましょう」

すぐに、降りていく気にはなれなかった。

数分後に父の、そのまた数分後に海人の足音が聞こえてきた。せめてもの抵抗。しばらく無視してじっとしていた。

「岬、早くしなさい」

母の声が、階段ホールに響きわたった。

重い腰を上げ、気が進まないまま部屋を出た。忙しい引っ越し当日は、出前の蕎麦か宅配ピザあたりが妥当だろうと思いながら。

しかし、予想外の展開が待っていた。特注だという十人掛けの大きなテーブルには、まるでパーティーかと見間違うようなテーブルセッティング。しかも、知らない女の人と男の人がすました顔で座っている。

この人たち誰？

さすがに口には出さなかったが、不機嫌さを隠すことなく睨みつけた。

岬が抱く胸のざわつきに、母が気づく気配はない。

ステージを終えたばかりの役者が舞台の興奮を引きずっているかのようなハイテンションで、「岬、こちら、いつもお世話になっているカメラマンの笠井さんと編集者の山上さん」と、二人を紹介した。

「本日は、お引越しおめでとうございます」

二人が立ち上がって頭を下げた。

「どうも」

それだけ言うと、岬は席についた。

父にも、海人にも、きっと同じように紹介したのだろう。

父は、「いつも妻がお世話になっております。本日は週末にもかかわらずありがとうございます」なんて、大人の対応をしたに違いない。海人はどう応えたのだろう。

テーブルの上にはローストビーフ、ほうれん草とベーコンのキッシュ、アボカドやエビが入ったカリフォルニア巻などが並んでいる。

「マリさんと洋子さんにデパ地下で買ってきてもらったの」母が言った。そして、「シャンパンとスイーツは、笠井さんと山上さんから、引っ越し祝いにいただいたのよ」としたり顔で付け加えた。

大切な場所に土足で踏み込まれた気分になる。

苛立ちが怒りに変わっていく。

こんな茶番のような食事に付き合わされるのはまっぴら御免だった。

「こんなもの食べたくない！」

大声で叫びながら、岬はテーブルに並んでいるものを次々にひっくり返す。

「岬、やめなさい！」母が叫び、父が岬を羽交い締めにする。

なんてことができたらスッキリするだろうと思ったけど、岬はそこその行儀よさで、「いただきます」と頭を下げた。

マリが手早く料理を取り分けて、それぞれの前に置いていく。

岬はローストビーフとカリフォルニア巻を、お洒落なグラスに入ったエビアンで無理やり流し込んだ。

十五分が我慢の限界だった。これ以上ここにいたら、本当にテーブルをひっくり返してしまいそうな気がした。

「疲れたので失礼します」

それだけ言って、部屋に戻った。

数分後、海人の部屋のドアが閉まる音がした。

「あのウチ、自分のウチっていう気がしなくない?」

と言ったときの海人の戸惑ったような表情が頭から離れない。

深夜、トイレに起きたついでにそっと一階に降りていき、キッチンスタジオの扉の外から耳をすました。

いつもよりオクターブ高い母の声と、それに合わせるような複数の笑い声。

父の声はどこからも聞こえてこない。

「ママったら、一体何様のつもり!」

叫びたい気持ちを必死に抑えた。

二学期のスタートと同時に私立中学に転校し、二カ月ほどが経過した。

「岬って、料理研究家の榎本さわこの娘なんだよね」

突然、クラスメイトの一人が茶化すような口調で声を掛けてきた。

「そうだけど、それがどうかした？」

「すごい豪邸に住んでるって、ウチのママが言ってたから」

「別に、豪邸じゃないよ」

それだけ言うと、すぐにその場を離れた。

翌日の昼休み、弁当を広げた岬の周りにクラスメイトたちが集まってきた。

「子どもたちの喜ぶ顔が見たくて、さわこ先生は毎朝お弁当作ってるんでしょ」

「喜ぶ顔って、どんな顔なのかな？」

「さすが、さわこ先生のお弁当はおいしそうだこと」

恥ずかしさと悔しさで泣きたくなったが、グッと唇を噛んだ。

「さわこ先生の料理教室、一回三万円もするんだって。ウチのママが一度参加してみたいけど、高すぎてとても無理って言ってた」

「ってことは、岬のお弁当も三万円の価値があるってこと？」

「ひゃー、さすがセレブは違うわ」

何で、ママのせいでわたしがこんな目に遭わなきゃいけないわけ。苛立ちと怒りが募っていった。

「最近のママって、何を言っても上の空だよね」

撮影スタッフが忙しく動き回るキッチンスタジオで話し掛けた。

「そんなことないわよ」

「でも、私が夕ご飯に食べたいもの言っても、覚えてないじゃん」

スタイリストがセッティングした撮影用の食卓をチェックしながら、母が「そうかしら。じゃあ、岬は、今日の夕ご飯何が食べたいの？」と聞いてきた。

「スーパーのお総菜コーナーのメンチカツ」

岬が素っ気なく答えると、母の表情が一瞬だけ曇った。

しかし、数秒後、何事もなかったかのように、スタイリストの手でお洒落に整えられた食卓に、アシスタントのマリが揚げた「さわこ特製春巻き」を並べはじめる。

もしかして……、今の会話、なかったことにされた？

バキューン！

「さわこ特製春巻き」にパクチーを添えた方がいいかどうか迷っている母親の背中に向かって引き金を引く。

投げたボールは完全に無視され、そのまま放置された。軽くあしらわれた悔しさと、気持ちを踏みにじられたさびしさを抱えて、三階に駆け上がった。
ベランダから黄金色に変わっていく町並みを眺めていたら、不覚にも涙がこぼれた。

新居に引っ越してからというもの、父の帰りが徐々に遅くなっていく。週末も、ゴルフだ出張だと家を空けることが多くなった。海人は、コンビニのレジ袋をぶら下げて帰宅するとすぐ自室に籠もり、口数が減っていった。

理想通りのキッチンを手に入れた佐和子のメディア露出は増え続け、マリと洋子を従えて、朝から晩まで料理製作に勤しんでいる。

ただ、毎日、家族以外の誰かがいる家は、岬にとって落ち着ける場所とは言えなかった。冷蔵庫の中を覗くのにも、何かを食べるのにも気を使い、母親との会話も落ち着いてできなかった。

それだけではない。榎本家のキッチンから、岬が好きだったものがどんどん消えていった。たとえば、シュークリーム。大きくてふわっふわで、かぶりつくとカスタードクリームがはみ出してくるおなじみのやつ。シュークリームがおやつの日は、思わず「やったー!」と叫んでしまうほど嬉しかった。

しかし、最近は、有名パティシエのシュークリームが取って代わるようになった。しかも、それらは母が岬たちのおやつにと選んだものではなく、キッチンスタジオを訪れる人たちがさわこ先生のために厳選した手土産だった。「フランスで修業したパティシエが銀座に開いたお店でしか手に入らないものなんです」「使用しているバニラビーンズはマダガスカル島で取れる貴重なもので、風味が全く違うらしいので、ぜひ召し上がってください」「烏骨鶏《うこっけい》の玉子を使っている限定品でして」など……。さわこ先生に喜んでもらいたい一心で、訪問者が競うように持ってくる講釈付きのシュークリームは、岬にとって押し付けがましい以外の何物でもなかった。

＊

「さわこブランドは、今やドル箱ですよ」

ビジネススーツでビシッと決めた代理店の人が、キッチン脇の打ち合わせスペースで話しているのを聞いてしまう。

ドル箱……？

嫌な響きだと思った。

ＣＭ契約を結んだ会社と共同開発した「さわこブランド」と銘打つ商品の売り上げが

順調に伸びていることを、CM契約料のほかにも、売上の何パーセントかが母の収入になっていることを、岬は大人たちの会話から知る。

「いいですか。さわこ先生の売りは、家族を何より大事にする普通の主婦だってことなんですよ。女性たちが、自分たちの代表であるさわこ先生に憧れているのを、くれぐれも忘れないでくださいね」

「どこで何を聞かれても、家族が一番大事だって答えてください。普通の暮らしを大切にすることが何よりのしあわせだって言い続けてください。子どもたちの喜ぶ顔が見たくてお弁当を作り、疲れて帰ってくるご主人にホッとしてもらいたくて夕ご飯を作る。すべては家族のため、家族を第一に思うってことがビジネス成功の鍵なんですからね」

代理店の人が、何度も念を押していた。

これじゃ、まるで操り人形だよ。

放っておくわけにはいかなかった。

「ママさあ。自分が商売の道具にされてるって気づいてる?」

みんなが帰った後の誰もいないキッチンで母に訊ねた。

「商売道具?」

「そう。みんな、ママを利用して儲けようとしてるんだよ」

「利用してるわけじゃないでしょ。アイデアを持ち寄って、一緒に戦略を立てて、いろいろなことにトライしてるだけでしょ」

「戦略かどうか知らないけど、何だか胡散臭《うさん》いんだよね」

「岬も大人になればわかるわよ」

「ママの目的は何？　そんなにお金が欲しいの？」

「別にお金が欲しいわけじゃないけど。ママが作るお料理や生活を参考にしたいっていう人がたくさんいて、それに応えたいって思ってるだけよ」

やばっ、完全にその気になってる！

調子に乗ってると罰が当たるって、おばあちゃんがいっつも言ってるのに。

母親がどこかの誰かに取って代わられてしまったような気持ち悪さ。母の急激な変化に、岬は違和を感じはじめていた。

自由が丘に引っ越してから八ヵ月が経ち、海人は中学二年に、岬は高校一年になった。

新学期がはじまってしばらくすると、海人の静かな抵抗が岬の気持ちを波立たせる。

「さわこ先生、海人君の担任の先生からお電話です」

洋子から受話器を受け取った母の表情が突然険しくなった。何やら慌てている。たまたまキッチンスタジオにいた岬と目が合った。しかし、数秒後、何食わぬ顔で話しはじめた。

「それはたいへん失礼いたしました。三日ほど前から熱が下がりませんで。本人が電話をしているとばかり思っておりましたので、私から連絡もせず、本当に申し訳ありませんでした」

海人、学校休んでるんだ。母の対応で察しがついた。

「海人が学校へ行ってないって、岬は知ってたの？」

受話器を置くと同時に母が聞いてきた。

「何なの、急に。知ってるわけないじゃん。第一、何でわたしに聞くわけ。一緒に通学してるわけじゃないし、後をつけてるわけでもないんだからさあ」

むっとして言い返した。

「夜、テレビを観ながら何か言ってたとか、このところちょっと様子が変だったとか、気づかなかった？」

「だから、何でそれをわたしに聞くかな。家族が一番大事だっていつもテレビで言ってるのは、どこの誰だっけ？」

抑えていた鬱憤が噴きだした。

「このところ忙しかったから……」

母が口ごもった。

「へえ、忙しいと息子の異変に気づかなくてもいいんだ」

岬がにやりと笑うと、母の顔色が変わった。

「海人、学校サボってどこに行ってるのかしら？」と言いながら、岬をチラッと見る。

岬は、ここぞとばかりに母の不安をかき立てる。

「渋谷で悪い奴らとつるんでたりするかもよ。万引きしたり、クスリとかに手を出してたりして」

「冗談でもそんなこと言うものじゃありません」

「じゃあ、聞くけど。絶対ないって言い切れるわけ」

母の黒目が左右に泳いだ。明らかに動揺している。「ざまあ見ろ」と言いたい気持ちをグッと抑えて様子を窺っていると、

「絶対ありません」

尖った声でそう言った母は、何を思ったのか、おもむろにタマネギを刻みはじめた。

母からの電話を受けた父がいつもより早く帰ってきた。

撮影用に作った料理が何品かテーブルに並んでいる。

「弁当は、いつも食べて帰ってきてたのか？」

缶ビールを飲みながら父が聞いた。

「だと思うけど……」

「だと思うって、どういうことなんだよ」

「お弁当箱、いつも、マリさんか洋子さんに洗ってもらってるから」

父が横目で岬を見た。

「なるほど、そういうことか。さわこ先生はお忙しくて、自分の息子の弁当箱を洗う暇もないんだとさ」

いつもは感情を表に出さない父が棘のある言い方をした。

「そんな言い方しないでよ。撮影用の料理を作るのが精一杯で、洗い物は二人にお願いするしかないんだから」

父が再び岬を見た。

「えっ、洗い物だけ？　ちなみに、わたしは自分のお弁当箱は自分で洗ってますけど」

岬は、わざと意味深なことを言って母親の様子を窺った。

その後の会話が続かなかった。

ステージのようなキッチンスタジオでは、家族の会話さえもギクシャクし、どこか絵空事のように感じてしまう。すると、そのときだった。

「ただいまー」

海人の暢気な声がした。

「どうしたの？　パパ、早いじゃん」

「学校に行かないでどこに行ってたの！」

母がヒステリックに叫んだ。

「図書館だけど」

海人がぶっきら棒に答えた。

「図書館？」

母が怪訝な顔で海人を見た。

「そう。都立図書館。学校に行くのダルかったから」

「ダルかったじゃないでしょ。先生から電話があって、咄嗟に熱が下がらないからって答えたけど、心臓が止まるかと思ったわ」

「電話あったんだ」

「あるに決まってるでしょ。三日も無断欠席したら」

母が気色ばんだ。

「学校で何かあったの?」

「別に」

海人は、母の何百倍も落ち着いている。

「別にじゃないでしょ。理由もなく学校を休むって、どういうことなの!」

「理由なんてなくても休みたいことはあるよ」

海人は全く動じなかった。

「パパも、何か言ってよ」

母が父に助けを求めた。

「確かにあるよな。俺だって、理由もなく会社を休みたいことあるもんな」

父がクスッと笑った。

「パパまでそんなこと言って。いい加減にしてちょうだい。先生には、だいぶ熱が下がってきたから、明日は行けると思うって言っといたから、明日はちゃんと行きなさいよ」

「わかった。……でも、もう弁当は用意しなくていいから」

父と岬の視線が交差する。

「どういうこと?」

「コンビニで買うから」

「どうして? ママがちゃんと用意してるのに」

「洋子さんが作る弁当、好きじゃないし」

母がハッとするのがわかった。

「とにかく、明日から持って行かないから」

それだけ言うと、海人は弁当箱をテーブルの上に投げつけるように置いた。ズドンと重たい音がした。その音から、弁当箱の中身が入ったままだということがわかった。

海人が自分の部屋がある三階にトントンと上がっていく。その足音は、驚くほど静かで淡々としていた。

しばらくの沈黙のあと、父が執り成すようにつぶやいた。

「弁当を持っていくのが恥ずかしい年頃なのかもしれないなあ。俺も、そういう時期あったよ。毎日、購買部でパン買って食べてた」

年頃とは関係ないと思うけど。岬は、そう言おうとして、やめる。

今日の弁当に入っていたふわっと焼かれた玉子焼きも一目瞭然、母の作ったものではなかった。

母が作る玉子焼きは、砂糖としょうゆで味付けをするため甘塩っぱくて、いつも表面が少し焦げている。決してプロが作るだし巻き玉子のような上品な味ではないけれど、それが紛れもない榎本家の味。慣れ親しんだ味だった。

白浜のおばあちゃん譲りのちょっと甘めの味付けが特徴で、母が作る鶏そぼろや豚肉のこんにゃく巻きが岬は好きだった。でも、ここ最近、弁当に入っているおかずはすべて薄味で、榎本家の味とは全く違っていた。

今の学校へ編入して二カ月ほど経った頃、弁当の時間になるとクラスメイトたちが岬の周りに集まってきた。そのときの悔しさと恥ずかしさは、一生忘れられないだろう。

ただ、幸いなことに、しばらくすると、飽きっぽいクラスメイトたちは岬の弁当への興味を失った。あれがずっと続いていたらと思うと、ゾッとする。

海人も同じ目に遭っていたとしたら……。

海人が学校をサボった本当の理由は定かではなかったけど、海人が自分の部屋に引き上げた後のキッチンスタジオで、岬は堪らず大声を出した。

溜まりに溜まっていたものが爆発する。

「いい加減に気づけって！」

二人の目が岬に釘付けになる。

「子どもを利用して好感度上げたいのはわかるけどさあ、わたしたちが迷惑してるってことがどうしてわかんないわけ？　チヤホヤされていい気になって。何が、家族が一番大事だよ。あんたが、『子どもの喜ぶ顔が見たくて』って言えば言うほど、わたしたちはからかわれるんだよ。いい母親ぶって、あんたは満足だろうけど。もう、そんな嘘はたくさんなんだよ」

「からかわれるってどういうこと？」

「聞かないとわかんないんだ」

「わからないから、聞いてるんでしょ」

母の声のトーンが高くなった。

「そりゃそうだよね。先生、先生って煽てられて。その気になってるさわこ先生にはわからないよね。お弁当の時間が来るたびに、『さわこ先生は子どもの喜ぶ顔が見たいらしいよ』とか、『喜ぶ顔って、どんな顔なのかな』なんて言われるんだよ。さわこ先生の子どもは喜んでなんかいないんだよ。恥ずかしい思いをしてるんだよ。それが、あんたにはわかんないのかよ！」

岬は、テーブルをドンと叩いて立ち上がった。

母が固まった。

「岬、それくらいでいいだろう。ママだって一所懸命やってるんだから」

残っていたビールを一気に飲み干すと、父は息をフーッと吐いた。

「洋子さんにお弁当を作らせて、どこが一所懸命なわけ！」

そう大声で叫ぶと、岬は三階の自分の部屋に駆け上がった。


海人の静かな抵抗と、それに便乗した岬の爆発からしばらくして、佐和子はテレビ番組のロケでイタリアに行くことになった。「食材と出会う旅」というシリーズで、有名料理人や料理研究家が世界各国を旅し、現地の食材を使って新たな料理を作るという紀行番組だった。

ディレクターとの打ち合わせを終えた母が、父に日程の報告をしているのを、岬は傍で聞いていた。

「一週間、留守にするけど大丈夫？」

「もちろん大丈夫だよ」

父はどこか楽しそうだ。

「留守中の食事はマリさんか洋子さんに頼もうと思うんだけど」

「そんな必要はないよな、岬」

おいおい、突然わたしにふるなよ。と思いながら、岬はキッパリと断言する。

「二人の料理、口に合わないから、かえって迷惑」

「そうなの。わかったわ。じゃあ洗濯は？」

「洗濯くらい自分でやるし、って洗濯機がやるんだけどね。何か問題ある？」

岬は、わざと軽い調子で答えた。

家族にとって自分は欠かせない存在だと思いたいのはわかるけど、決してそんなことはない。

「岬が言う通り、ママがいなくても全く問題ないから」

岬の心中を察したのかどうかはわからないが、父がちょっと意地悪っぽく言った。

翌週の土曜日の朝、大きなスーツケースに一週間分の衣装を詰め込んで、母はイタリアへ旅立った。テーブルの上には、テレビ局が手配したタクシーが迎えにくる時刻から、飛行機の便名、現地で泊るホテルまで、詳細が記された日程表が残されている。

「今どき、役員クラスでも成田までタクシーはないっていうのに、豪勢なことだな」

日程表を見た父が顔をしかめた。

「ビジネスクラス利用って書いてあるよ。ホテルも五つ星だって。まるで大スター扱いだね」岬が突っ込むと、海人が「もはや大スターなんじゃないの」と言って、へらっと笑った。

「さてと、今日のお昼は餃子でも食べに行くか?」

「賛成! 超久しぶりじゃん」

海人が飛び上がった。

「岬は?」

「もちろん、賛成」

まるで、以前から計画していたいたずらを決行するかのように、三人は軽い足取りで駅前にある家族経営の中華料理店に向かう。

「超うめー! こういうのが食べたかったんだ。最近のウチのご飯ってさあ、何かピントがずれてるんだよね」

海人が餃子を頬張る。

「実は、パパ、よくここでビール飲んで、餃子食べてから家に帰るんだ」

「えー、それってズルくない? そういうときは誘ってよ」

「わかった。今度からそうする」

「やったー!」

三人でお腹いっぱい餃子を食べた後、岬は思い切って聞いてみた。

「パパは、ママが料理研究家の仕事をすること、本当はどう思ってるの？」

「どうって？」

「反対？　賛成？」

少し間を置いてから、父は「どっちでもない」と答えた。

「心から賛成してるわけじゃないけど、だからといって、反対だからやめてほしいと思ってるわけでもないってことかな」

「じゃあ、ママがどんどん忙しくなって、本当の大スターになってもいいわけ？」

「どうかなあ……。これからのことは、正直、パパにもわからないんだ」

「だよね。それから、もうひとつだけ聞いてもいい？　かなりシビアな話だけど」

「何だよ？　シビアな話って」

「ママがパパの年収の何倍も稼いでるって、本当？」

「本当だよ」

答えに苦慮するかと思ったが、父はあっさりと答えた。

「えー、それ聞くかな？　岬、デリカシーに欠けてない？」

海人が二人の会話に割って入ってきた。

「ずっと気になってたんだもん」

「別に、お前たちが気を使うことでもないよ」

父が苦笑いをする。

「パパの給料は、まあ四十六歳の平均的サラリーマンと大差ないと思う。四人家族が普通に暮らしていけるお金は稼いでるつもりだけど、それはわかるよな」

「うん、すごくよくわかる」

「ほとんどのウチがそうだと思うけど、マイホームを手に入れるには、生活費を切り詰めて二十年、三十年の住宅ローンを組む必要があるし、ローンを返していくのはとってもたいへんだ。でも、ママは、パパみたいなサラリーマンが一生働いても手に入れることができない豪邸をあっという間に手に入れた。お前たちは、そんなママとパパをどう思う？」

「そうだな……、パパが普通で、ママは宝くじに当たったたっていう感じかな」

海人が答えた。

「確かに、ママは人気料理研究家って宝くじに当たったのかもしれないな」

「わたしも、ママには悪いけど実力っていうより運がよかったんだって思う」

「運も実力のうちって言うから、ママは俺たちが思うよりずっと強運の持ち主なのかもしれないな。ただ、だからといって俺たちが分不相応な生活をしていいとは思わない。

パパは、普通の家庭と同じ生活水準で暮らしたいんだ」

「わたしも」

「お前たちも、仕事をするようになるとわかると思うけど、人が食っていくのも、家族を養っていくのも簡単ではないってことだけは、忘れてほしくないんだよね」

父がしみじみと言う。

「でもさあ、あの豪邸に引っ越した時点で普通の家庭じゃなくなった気がするけど」

海人が核心を衝いた。

「そうだな。実は、パパもあれほどの豪邸だとは思ってなかったよ」

「だよね」

「つまり、三人共、あのウチに違和感があるってことでしょ」

岬が念を押すと、父がちょっと困ったような顔をした。

「よかった。それを知りたかったんだ。もし、あのウチでの暮らしをパパや海人が普通に受け入れていたら、わたし、グレたかもしれない」

「岬がグレたらどうなるわけ」

興味津々とばかりに首をかしげた海人が突っ込んできた。

「毎日、渋谷で遊びまくって。さわこ先生の娘が逮捕されるって報道されたら面白いかなって、ちょっと思ったこともあった」

「勘弁してくれよ。そんなことされたら、パパも会社辞めなきゃいけないだろ」

「って、グレないけどね。グレたって何の得にもならないことくらいわかってるし」

「真面目な話、パパは岬にも海人にも、周りに惑わされずに、地に足をつけた暮らしをしてほしいんだ」

三人で膝を交えていろんな話をしたことで、岬の抱えていたモヤモヤが少しだけ晴れた。

*

トントン!

「岬、入っていい?」

ベッドに寝転んで本を読んでいると、ドア越しに海人から呼びかけられた。

「いいよ。何かあった?」

浮かない顔の海人が岬のベッドにゆっくりと腰を下ろした。

「今日さあ、水戸っちに会ったんだ。偶然、渋谷で」

と言いながら、海人は窓の外へ視線を逸らした。

「水戸っちって、武蔵小杉のマンションで一緒だった直也君のこと？」

「そう。水戸っちのおとうさんが店長をしてたスーパーが閉店になったんだって」

海人が小さくため息をつく。

「何だか、深刻そうな話だね」

「おとうさんの給料かなり減ったらしくて、水戸っちのおかあさん近くのお弁当屋さんでパートはじめたみたいなんだ」

話が重たそうだったので、

「水戸っちのママって、ウチのママとも結構仲良しだったよね」

岬は、わざと明るい調子で言った。

「結構どころか、かなりよかったと思うよ。それでさあ、ウチのママがテレビに出てるのを観た水戸っちのおかあさんが、よく言うんだって」

「何て？」

「朝から晩まで足を棒にしてお弁当を作る一ヵ月のパート代は、榎本さんの奥さんのテレビ一回分の出演料にも満たないんだろうなあって」

ベッドに寝転んでいた岬は、ぎょっとして身体を起こした。

「それで、海人は何て言ったの？」

「俺はよく知らないって答えたけど。何だか気まずかった」

岬は、マンション前の公園でよく立ち話をしていた二人を思い浮かべた。

「水戸っちも、サッカー教室どころじゃないんだって。私立の高校も厳しいかもしれないとかで、『そっちはどう？』って聞かれたから、『ウチもいろいろあって面倒なんだよね』って答えた」

水戸っちのママは、一ヵ月でお弁当をいくつ作るんだろう。千個、二千個、いや、それ以上かもしれない。その労力が、ウチのママのテレビ一回分の労力以下のはずがない。ただこの世の中、労力と報酬が必ずしも一致するわけではない。

「水戸っちと別れてからも、なんだかモヤモヤしちゃって。誰かに話したかったんだ」

と言って肩をすくめた海人の気持ちは、岬にもよくわかった。

＊

「七月一日付けで松山に転勤になった。サラリーマンは辞令一つでどこへでも行かなきゃいけないんだから、仕方ないよな。もちろん、松山へは俺一人で行くから」

自由が丘に引っ越してまもなく二年。突然の単身赴任宣言だった。

「岬も、海人も、夏休みになったら遊びに来いよな。近くには坊っちゃんで有名な道後温泉もあるからさ」と言った父は、とても嬉しそうだった。

そして、転勤後は、月に一度土曜日の午後に飛行機で帰京し、家で一泊すると日曜日の最終便で松山に戻る生活を続けていた。最初の数日こそ、母はまめに電話をしていたようだったが、すぐに用事があるとき以外はそれもなくなった。

父が松山での単身赴任生活をスタートさせて三ヵ月ほど経った頃のこと。翌日の土曜日に父が帰ってくる予定の金曜日の午後七時過ぎ、岬は友だち二人と神泉のホテル街を歩いていた。クラスメイトの知り合いがやっているというダンススタジオへ見学に行った帰りだった。

三人でおしゃべりをしながら歩いていると、見慣れた背格好の男性が路地に入っていくのが見えた。視線を向けると、女性の腰に手を回してホテルに入っていったその男性は、紛れもない父の修一だった。

父親と一緒にホテルに入っていった女性にも見覚えがある。

誰だっけ?

岬は記憶を手繰り寄せる。

あの人、もしかして……。ママ主催の忘年会で紹介されたフードコーディネーターの青柳美香子さん？　短大の同級生だったとかって言ってた人？

美香子さんとパパがねえ。

岬は、声に出さずに心の中でつぶやいた。

不思議と怒りは湧いてこなかった。

母は、美香子から頼まれて、週に三日だけパートでアシスタントを引き受けたことがきっかけで料理研究家になった。料理研究家としてブレイクし、雑誌やテレビに出まくっている母に対して、テレビの制作費が減らされる中、美香子の仕事は減り続けていると、以前、マリと洋子が話していた。

「だったら、ウチの仕事を手伝ってくれたらいいのに」

母が脳天気に言うと、

「そんなこと、プライドが許しませんよ」

洋子がキッパリと言い切ったことを、岬はよく覚えていた。

翌日の午後、父はいつも通り家族が待つ自由が丘の家に帰ってきた。空港の売店で買ったと思われる間に合わせの土産を持って。

久しぶりに親子四人で夕ご飯を食べていたときだった。

「俺、付属の高校には行かずに、島根県にある高校に島留学することにしたから」

何の前触れもなく、海人が言った。

三人の視線が海人に集中する。

「島根県……？　島留学って、どういうこと？」

母が身を乗り出した。

「日本海に隠岐の島ってあるじゃん」

「あることは知ってるけど」

岬が言う。

「全国から島にやってきた学生が、寮生活をしながらそこの高校に通ってるんだけど。俺、東京にいると息苦しいから、その高校に問い合わせしたり、調べてみたりしたんだ。そしたら、かなりいい学校みたいだから、そこに行くことに決めた」

「決めたって。まだ、パパもママも許してませんよ」

「このまま東京にいてグレたり、引きこもったりするよりマシだと思うけど」

あらかじめ予想していたのか、海人は淡々と話を進めていく。

「どういうこと？」

母の表情が強ばった。

「どういうことって、そのまんまだけど」

海人はあくまでも冷静で、あくまでも落ち着いていた。

黙って話を聞いていた父が、「俺は賛成だよ」とハッキリ言った。

「考えた末に決めたことだろうから、俺は海人の選択を尊重する」

「ありがとう。親父は賛成してくれると思ってた」

海人、やるじゃん！

しかも、パパじゃなくて親父って呼んでるし。

「あなたまで、何を言い出すの。ちゃんと話し合いましょうよ。今すぐに決めることもないんだから」母が食い下がる。

いまさらママが何を言っても無駄だって。

そんなことを思いながら、岬は自分の迂闊さにかなりへこんでいた。

意味もなくイライラしている間に、父だけでなく、海人までもがこの家を脱出する策を練っていたとは。

闘わずして勝利をおさめる作戦はかなり賢い。直接、不満を示さず、仕事や進学を理由にここからいなくなる道を選んだ二人。母への猛烈な反発をスマートな形で実行に移した。

わたしも、何とかしなきゃ。

海人が「隠岐の島の高校に島留学する」と表明した日からしばらくして、岬は関西圏にある大学への進学を決心する。願書を出す直前まで黙っていようと思ったけど、さすがにそれはかわいそうかな、と心が揺れた。

「ママ、ちょっと話があるんだけど、今、いいかな?」

母が一人のときを見計らって声を掛けた。

「話って何? 急ぐの? 明日までに新しいレシピ考えなきゃいけないんだけど、後じゃだめ?」

母が素っ気なく答えた。

「だったらいい。別に急ぐ話じゃないから」

こんなことが何度も、何度も繰り返された。

母から、「そういえば、岬、話があるって言ってたわよね」と聞いてくることはなかった。話し掛けられたことすら覚えていないのだろう。

仕事が第一で、家族は二の次。母との距離が開いていく。

これじゃ、パパだって浮気するよ。

父の気持ちが痛いほどわかった。

「家族が何より大事。家族の喜ぶ顔が見たい」なんて調子のいいことを言いながら、実際には家族をないがしろにしている。そんな母親に対する反発心が受験勉強の原動力になった。


一年半後、猛勉強の甲斐もあって、岬は第一希望の神戸にある大学に入学を果たす。

「入学金も授業料もパパが振り込んでくれたし、アパート探しと新生活の準備は、明日から神戸に行ってパパとすることになってるから」

「えっ、そうなの……。それで、入学式はいつ？」

「聞いてどうするの？」

「行けたら行こうかと思って」

「来なくていいから」

岬は強い口調で言い返した。

「日にちによっては、行けるかもしれないじゃない」

「行けるかもしれない、って言ってる時点で、わたしの入学式の優先順位がかなり下だってことでしょ」

「そういうわけじゃ……」母が言いよどんだ。

「いい母親ぶるのは、テレビの中だけにしてくれる。それから、ハッキリ言わせてもらうけど。入学式、ママに来られたら迷惑だから」

「迷惑?」

「わたし、榎本さわこの娘だってこと、大学の友だちには言わないつもりだから。さわこ先生やマリさんや洋子さんが偉そうにしてるこの家、大っ嫌いだから。大学に行ってまで、さわこ先生の娘だってからかわれたくないんだよね。だから、放っといてくれる。って、すでに放っとかれてるけど」

二の句が継げない佐和子を横目で睨むと、岬はキッチンを飛びだしていく。

「お主、いまに見ておれ。このままで済むと思うなよ」なんて、時代劇に出てくる悪代官のような台詞をつぶやきながら、階段を駆け上がった。

翌日、岬は必要最低限のものだけをスーツケースに詰め、誰にも見送られることなく神戸へと向かった。収録のためにテレビ局に出掛けた母は、「何時頃、家を出るの?」とも、「何時の新幹線で行くの?」とも、聞いてこなかった。

やっぱり、わたしより仕事が大事なんだ。

スーツケースを引きずって、一人トボトボと自由が丘の駅を目指す。

「気をつけてね」のひと言を期待していた自分が滑稽過ぎて惨めになる。

「本当に一人で大丈夫？　何かあったらすぐに連絡寄越すのよ」

「大丈夫だって何度も言ってるでしょ。もう、ママったら心配性なんだから」

品川駅の新幹線ホームに並んでいると、すぐ後ろから岬と同年代の娘と母親の会話が聞こえてきた。

「ちゃんとご飯食べるのよ。わかった。気をつけてね」

新幹線に乗り込もうとする娘に掛けた母親の声が岬の耳元で揺れる。座席に着いた岬は、走り出した新幹線に向かっていつまでも手を振り続けているその母親の姿に佐和子を重ねていた。


入学式当日、アパートの部屋でテレビのスイッチをつけると、画面の向こう側には朝の情報番組で料理を作る母の姿があった。

「今日は、朝食にぴったりのマッシュルームオムレツを紹介します。これは、娘の大好物で、彼女は毎朝これを食べて、元気に学校に行っています」

母のしたり顔といけしゃあしゃあとしたコメントが、門出の日を迎え、気分一新頑張るぞと張り切っていた岬の気持ちに水を差す。父に買ってもらったスーツに着替え、一人大学へと向かう。

「すみません。写真お願いできますか?」

校門の前で、一組の母娘《おやこ》から声を掛けられる。

「では、撮りまーす。いいですか? はい、チーズ!」

娘の晴れ姿に目を細める母親の優しげな眼差しが、岬の気持ちを激しく揺さぶった。

何が彼女を変えたのか

「いっつも、あー忙しいとか言って、ご飯をよく嚙まずに食べてる人がお料理の本を作ってるんだから笑っちゃうよね」

中学一年生になった娘の愛里沙《ありさ》に言われ、「ホントそうだよね」と山上真奈美《まなみ》は肩をすくめる。このところ、不意を突かれて言い負かされることが多くなっている。

「私だけだよ。クラスでスマホ持ってないの」

この日も、ぼんやりしているときを見計らったように突っかかってきた。

「パパと約束したでしょ。周りがどうかは知らないけど、ウチは高校生になるまでは子ども携帯で通すって」

「でもさあ、子ども携帯じゃLINEできないし、ユーチューブだって観られないんだよ」

何かと理由を付けてスマホが必要だと主張してくる。

中学生ともなれば、大人が思っている以上に世の中のことをわかっている。本人の自主性に任せた方がいいのかもしれないと思うこともないではない。ただ、三年前に肝がんで急逝した夫が義務教育のうちはスマホを持たせたくないと言っていたこともあり、真奈美もこれだけは譲るつもりはなかった。

愛里沙は納得いかないのだろう。

「もしかして、出会い系とか心配してるの?」

「そういうわけじゃないけど」

「ママ、私のこと信用してないんだ」

母親を試すかのように迫ってくる。

でもそこはグッと踏ん張って、「みんなが持ってるからって、それに倣う必要はないって言ってるだけ」と、真奈美なりの威厳を示す。そして、「頭の固い親を持つと、子どもは苦労するわ」なんて捨て台詞を残して自分の部屋に戻っていく愛里沙の背中を目で追いながら、「頭が固くてわるかったわね」負けずに言い返した。

母と娘の二人世帯。仕事柄、帰宅が深夜近くになることもあれば、休日に取材や撮影が入ることもある。後ろめたさを拭いきれずにいる真奈美とは対照的に、愛里沙と来たら端っから母親のことなど当てにしていないのか。日に日に自立心が増している。そして、真奈美がたじろぐようなことを平然と言ってのける。

「週末くらいは家にいた方がいいよね」

旧知のテレビプロデューサー宅で開かれるホームパーティーの三日前、念のために聞いてみると、「私は友だちとテニス部の先輩の試合を見に行くから、ママには付き合えないよ」とあっさり言われ、出掛けることにしたのだった。

＊

この人イケるかも。

編集者の勘！　とでも言ったらいいのだろうか。プロデューサー宅のキッチンで料理をあたため直している佐和子を見たとき、ふと、そう思った。

「アンケート結果を見ると、洒落たものより誰でも作れそうな定番の家庭料理がやっぱり人気あるのよね」

「そりゃそうよ。毎日の献立を考えるのはホントたいへんだし。食べ盛りの子どもがいる家庭にとっては、食費だって馬鹿にならないんだから、身近な材料でパパッと作れておいしければ言うことないんじゃない」

「このところ、ヤマシタ先生もマンネリ化してきた感があるし、深山桜子さんも読者のニーズと合わなくなってきてるような気がするから、そろそろ新しい人を見つけないといけないよね」

編集部で、同僚たちとこんな会話を交わした週末のことだった。

真奈美が籍を置く生活実用誌の編集部は、料理、節約、子育て、収納など、身近な話題を中心に、百円、二百円もおろそかにしない主婦目線の編集姿勢を貫いている。

読者から支持されるのは、調理師や栄養士などの資格を持っている料理のプロでも、芸能人やモデルのようなセレブでもない。どこにでもいるような平凡な女性。自分とそう変わりない、自分もあちら側へ行けるかもしれないと思わせるくらいの人なのである。

『我が家の定番おかず』と題するコーナーをスタートさせたのも、登場した読者の中から将来の人気料理研究家を発掘したいという思いがあったからだ。

ただ、スターの卵はそう簡単には見つからない。いくら料理上手でも、野暮ったさやセンスの悪さは致命的だし、美人すぎても、自己主張が強すぎても、読者からはそっぽを向かれてしまう。そういう意味でも、特徴がないことが特徴のような佐和子に、真奈美は興味を抱いたのだった。

駄目で元々。うちの読者にハマらなかったらこれっきりでいいんだから。登場予定だった人の代役として、とにかく一度出てもらおう。軽い気持ちで声を掛けた。

撮影当日、現場の張りつめた雰囲気に飲まれてしまったのか、

「あのー、私、どうしたらいいんでしょうか」

佐和子は何度も真奈美に助けを求めてきた。

「普段通りに作っていただければ、後はこちらでフォローしますので」

段取りを説明しても心ここにあらず。いざ料理がはじまっても落ち着かない様子で、視線は始終定まらなかった。

ただ、その世間擦れしていないところに好感を抱く。決して手際がいいわけではないが、付け合わせのジャガイモの面取りをきちんとしたり、キュウリやタマネギをスライスする際の包丁の使い方が丁寧だったりと、料理をするときの姿勢に真奈美は可能性を感じたのだった。

ファインダー越しの表情も、地味すぎず、華やかすぎず、隣の奥さん的な親しみやすさを醸し出している。千葉県の海沿いの小さな町出身ということもあり、気取ったところのない話し方もプラスの要素として働いていた。

文芸の編集部に籍を置く同期の典子が手掛けた単行本がベストセラーとなり、社長賞をもらったことに触発されたのか、自分の手で人気料理研究家を生み育ててみたい。そんな欲のようなものが芽生えはじめたタイミングだったこともあり、真奈美は佐和子に

興味を覚えたのかもしれない。

とはいえ、読者を侮ってはいけない。微妙なニュアンスを嗅ぎ取ってNOを突きつけてくる。読者から支持されない企画はすぐに打ち切りとなり、支持されれば継続され、頁も増えていく。自分が出した企画がアンケートの下位に位置すれば、当然落ち込むし、結果が出ない状況が続けばプレッシャーで胃が痛くなる。

今回も、結果が出るまでは気が気でなかったが、ありがたいことにそれも杞憂に終わった。

勘が当たったのか、たまたまだったのか。佐和子の作ったハンバーグが読者アンケートの上位に飛び込んだのだ。それだけではない。

「今月号に登場した榎本佐和子さん、何となく感じいいよね」

料理本のベストセラーを何冊も出している同僚の沢口までもが関心を示す。

「沢口もそう思う？　たまたま知り合った人なんだけど、上手く育てたらそこそこの読者が付くような気がするんだ」

「メーカーに勤める夫と子ども二人の四人家族で、年収もたぶんそこそこだろうし、容姿もそこそこっていうのが、嫌みがなくていいんじゃないかな」

「そうなのよね。実は、何度か登場してもらって、読者の反応を見てみたいと思ってたところなんだ」

沢口からの高評価が真奈美の背中を押す。

毎号異なる読者に登場してもらっていた『我が家の定番おかず』の頁を佐和子の連載頁にしたいと編集長に願い出る。普段は石橋を叩いても渡らないというのに、今回は自分の勘を信じてもいいのではないか。そんな気がしたからだ。

「毎号ですか……」

連載が決まったことを佐和子に伝えると、最初は多少戸惑った様子だったが、

「あんな感じでよければ、いつでも喜んで」

おっとりとした口調でこう答えた。

いざ連載がはじまっても、カメラマンやフードスタイリストをはじめとしたスタッフ陣との意識の差は相当のものだった。ただ、あくまでも主役は榎本佐和子であり、作る料理は榎本佐和子のものでなくてはならない。

「榎本さんなりの工夫やアレンジを加えたオリジナルにしたいんですけど」

「私のオリジナルですか」

打ち合わせ時にこちらの要望を伝えると、不安げな表情を見せるものの、根がまじめ

なのだろう。

「メンチカツは、合い挽き肉とタマネギだけではなくキャベツを混ぜ込むとか。ポテトサラダをジャガイモではなくサツマイモで作るとか。パスタを茹でるのが面倒なときは、冷凍の稲庭うどんをチンして明太子スパゲティ風にしたりとか……」

彼女なりにいろいろ考えて提案してくる。

すでに、どこかの誰かがやっている感は否めないし、ネット検索をすればいくらでもこうした例は出てくるだろう。ただ、生活実用誌に掲載するレシピというのは、この程度のアレンジが丁度よく、突飛すぎても、懲りすぎても読者の支持は得られないのである。調味料も同様。塩、コショウ、しょうゆ、砂糖、みりんなどを主なものとし、高価なスパイスやオイルはできるだけ使わないというのが編集部の基本方針になってもいた。

要は、「このお料理作ってみたいんだけど、そんなスパイス我が家にはないし、買っても、一度使ってそれっきりってことが多いんだよね」なんて感想を抱かせてしまうようなレシピは、極力避けなければならないということだ。

連載頁で佐和子が紹介する料理はすべて、真奈美が過去の読者アンケート結果を分析し、評判の良かったものから選びに選び抜いて決めた。そこに多少のアレンジを加えたレシピの半分は真奈美のアイデアがかなり盛り込まれていたが、それも編集者の役目のひとつだと割り切っていた。

連載が軌道に乗った頃を見計らって、数頁にわたる巻頭特集にも起用してみると、「子どもたちが喜んで食べてくれた」「簡単で作りやすい」「忙しい主婦の味方」「毎日の献立に頭を悩ませている人のことをよくわかっている」など、好意的な意見が数多く寄せられる。

たぶん、この雑誌の読者と佐和子の相性がいいのだろう。

編集部内でも、回を重ねるごとに佐和子の評価は高まってきている。

自分の目に狂いはなかった。編集者としての勘が当たったことに、得も言われぬ快感が真奈美の中で芽生えはじめた。

「もう少しデミグラスソースを掛けた方がおいしそうに見える気がするんですけど。山上さん、どう思います」

ふわとろオムライスの仕上がりカットの撮影時、ファインダーを覗きながらカメラマンが首をかしげた。

「そうですね。確かにもう少し掛けた方がいいですね」

真奈美の指示を待っていたかのように、

「わかりました。こんな感じでどうですか」

フードスタイリストがあうんの呼吸で対応する。

「榎本さん、最終チェックお願いします」

佐和子が確認し、撮影は滞りなく進んでいく。と言いたいところだが……。

「えっ……、あっ、いけない。炊飯器の予約忘れちゃった」

炊飯器？　素っ頓狂な声を上げた佐和子にスタッフ全員の視線が集中する。

「あっ、ごめんなさい。家を出るときタイマーのスイッチ入れてくるの忘れちゃったので」

そういうことですか。真奈美はスタッフに気づかれないように、鼻からフッと息を吐いた。

半年、一年と連載を重ねれば、たとえ素人でもそれなりの自覚が芽生えてくると思うのだが、佐和子と来たら相も変わらず暢気な様子であまり進歩が感じられなかった。

「雑誌というのは不特定多数の人に向けて発信するわけですから、材料や分量などは慎重すぎるほど慎重にチェックしてくださいね」

それとなく意識改革を促そうとするものの、連載に起用したこちらの意気込みにも、スタッフ陣の真剣さにも気づく気配がない。

「でも、山上さんに任せておけば問題ないですよね」なんて調子で、いつまで経ってもお客様気分が抜けず、お金をもらって仕事をしているという緊張感が一向に伝わってこなかった。

正直なところ、そんな佐和子に対する歯がゆさは相当なものだったし、現場で苛々することも、語気が強くなりかけたこともないわけではなかったが、この人を起用すると決めた以上、これからも編集者として伴走し続けるしかないだろう。多少のじれったさも、号を追うごとに読者からの支持が上向いている現状を考えればたいしたことではない。そう思って、気持ちを切り替えた。

連載が丸二年を迎えたのを機に単行本化に向けて動き出したものの、すんなりと企画が通るほどこの世の中は甘くない。

案の定、「読者アンケートの結果がそこそこだと言うことはわかりましたけど、所詮無名の主婦ですよね。そうじゃなくてもすでに飽和状態の料理本市場に、リスクを冒してまで打って出る必要があるんでしょうか」企画会議の席での営業部の意見は厳しかった。

時期尚早だったのだろうか……。

下を向きそうになったとき、思わぬ助っ人が現われる。

「うちのカミさんがね。その榎本佐和子さんって人の大ファンでね。この週末も、その人のレシピを参考にして作ったとか言って、カニかまぼことアスパラの春巻きと、あさりと豚肉とキャベツをニンニクで炒めて紹興酒で蒸したものをビールのつまみに出してくれたんだけど、なかなか旨かったよ」

普段は、門外漢だからと企画内容には言及しない常務取締役経営企画室長の何気ないひと言で、会議室の雰囲気ががらりと変わる。

「営業部の意見も、もちろんよくわかりますが、見方を変えれば無名ということは手垢がついていないとも言えるので。山上の経験と勘を信じていただけませんか」

編集長が強気の態度で猛烈にプッシュし、最後には押し切ってしまう。

企画会議では、ときどきこういうことが起こるが、それも言わずもがな。追い風を感じると同時に、定価の千二百円を出してまで佐和子の本を買ってくれる読者が果たしてどれほどいるのだろうか……。プレッシャーでお腹がグルグルしはじめる。

ただ、当の佐和子は文化祭や体育祭などの行事くらいにしか思っていないのだろう。単行本化が決まったことを伝えても、「来年四十歳になるので、いい記念になります」と、真奈美が拍子抜けするほど暢気だった。

「記念ではなくて仕事ですから。この業界、趣味程度の認識で通用するほど甘くないですよ」と言いたいのは山々だったが、そこはグッと堪えて、「これから忙しくなりますが、よろしくお願いします」とだけ伝えて電話を切った。

出版に向けて動き出したはいいが、アシスタントのいない佐和子の場合、編集者の仕事以外にも、食材の調達から、撮影前日の下ごしらえまで、やらなくてはならないことがいくらでもあった。

すでに何冊もの料理本を出している料理研究家や、料理番組や広告などを数多く手掛けているフードスタイリストは、オーブンを使う料理、揚げ物、炒め物、蒸し物、煮込む物など、料理の段取りと使用する調理器具を頭の中で組み立て、撮影当日は、効率の良い順番で調理をしていくものだが、それも佐和子に代わって真奈美がやらなければならない。

「朝一で煮豚を仕込んで、カレーを煮込んでいる間に、隣のコンロで揚げ物を三点仕上げてしまって。ちらし寿司は鮮度のいい状態で撮影したいので、三日目の朝一がいいんじゃないかと思って」

「ということは、初日は、煮込み料理と揚げ物ってことでいいですか?」

フードスタイリストを交えて打ち合わせをしていても、

「みなさん、ホントすごいですね」なんて調子で、佐和子自身はまるで他人事のようだ。

「榎本さん、感心してる場合ではないですよ。あなたの本なんですから、もう少し積極的に参加してもらわないと困りますし、撮影の三日間は相当の覚悟で来てもらわないと、時間内に終わりませんよ」

多少キツい口調で脅かしてみると、

「はい、わかりました。みなさんの足を引っ張らないように頑張ります」

佐和子なりに引き締まった表情を見せる。

いよいよ明日から撮影に突入するという日、食材をキッチンスタジオに運び込み、仕込みを終えて帰宅し、シャワーを浴びるとすぐに横になったが、準備し忘れたものはないだろうか……。気になって、なかなか寝付くことができなかった。

いよいよ撮影当日、朝食はしっかり摂らなければと思うものの、プレッシャーからか食欲が全く湧いてこない。トーストとバナナを無理矢理ホットミルクで流し込むと、撮影日の定番、ストレッチの効いたジーンズをはいて予定より一時間早く家を出る。

「山上さん、おはようございます」

スタジオの手前にある交差点で赤信号が変わるのを待っていると、車道に停まった車の中からカメラマンに声を掛けられる。

「あっ、おはようございます！　いつも早いですね」

撮影時はいつも、誰よりも早くスタジオ入りする彼の車を追いかけるようにして真奈美も横断歩道を走って渡る。

「今日から三日間、かなりの強行軍になると思いますがよろしくお願いします。では、時間がもったいないので、先日お渡しした進行表に沿って早速はじめましょうか」

真奈美の指示の下、スタッフ陣が所定の位置に付く。

スタジオに入って来てからずっと、ため息ばかりついている佐和子に、「榎本さん、大丈夫ですか」声を掛けると、「実は今日、朝ご飯食べ過ぎちゃって」のけぞるような答えが返ってくる。

もしかしてこの人、私が思っている以上に大物かも……。

仕込んであった食材を冷蔵庫から取り出しながら苦笑をかみ殺した。

いざ撮影がはじまると、そこは百戦錬磨のスタッフたちだけのことはある。連載時には、「榎本さん」と呼んでいた佐和子のことを、カメラマンは「先生」と呼びはじめた。フードスタイリストは、明らかに自身より料理の腕が劣る相手を立て、プロとしての仕事をしっかりこなしていく。すると、そんな彼らから何かを感じ取ったのか、佐和子の表情が徐々に変わりはじめた。

段取りが悪いのは相変わらずだが、スタッフとも積極的にコミュニケーションを取るようになり、出来上がりカットを確認するときも満更でもない様子で笑顔までのぞかせる。

本人は全く自覚していないと思うのだが、佐和子という人は、人の懐に入るのがとにかく上手い。真奈美自身が佐和子の嫌みのなさに惹かれたように、スタッフや読者を味方に付ける天性の親しみやすさを備えている。

エンジンが掛かるのが遅いだけで、場数を踏めばさらなる自信もプロ意識も芽生えてくるだろう。もし大化けでもすれば、社内での自分の評価も一気に上昇する。

撮影が進むにつれ、榎本佐和子改め榎本さわこへの期待と、鳴りを潜めていた自身の出世欲も膨らんでいった。

＊

「最近、ママ、ため息ばっかりついてるけど、仕事たいへんなの」

不意を打たれて、そんなについてる？　と聞き返す。

「昨日だって、ため息選手権があったら優勝できるくらい、何度も何度もついてたよ」

「何それ」と言った直後に、ふぅー。また、ため息をつく。

「今、一緒に仕事をしてる料理研究家さんが思った以上に要領が悪くて……。予定した三日間で撮影が終わるかどうか、このところずっと気が気じゃなかったのよね」

自分が置かれている状況をそのまま伝える。

「で、その撮影、無事終わったの？」

「うん、何とかね。でも、本が出来上がってくるまでは、まだまだ気が抜けないのよ」

「そうなんだ。ママってさ、家では駄目駄目なのに、仕事だと気合い入っちゃうからね」

「何それ」

気づくと、またさっきと同じ台詞を繰り返している。

「ママのことより愛里沙はどうなの？　もうすぐ中間テストでしょ」

高校受験を控えた中学三年。先月おこなわれた三者面談のとき、進学を希望している高校への合格ラインは越えていると言われたものの、やはり気になる。ただ、当の本人は、母親にあれこれ言われたくないのか、「まあまあだよ」とはぐらかす。

「まあまあってどういうこと」

「まあまあは、まあまあだよ。それよりママ、目尻と口元の皺目立ってるから」

えっ……。突然言われ、二の句が継げない。

「今度の日曜日、休めるんだったらエステくらい行った方がいいよ。じゃないと、自分が思ってるよりずっと所帯じみて見えるから」

そんなに……？　鏡をのぞきながら、あー、ホントだ。また、ため息をつく。

自分へのご褒美と、明日への活力を養いたいという思いから、月に一度のエステを欠かしたことがなかったというのに……。ここ三ヵ月、佐和子の単行本のことで頭がいっぱいで、自分に構っている余裕をすっかり失っていた。

「忘れないうちに、ネットで予約しといたら」

愛里沙に言われ、「わかった。そうする」真奈美は即答する。

＊

これは、イケるかもしれない。

『家族の笑顔が弾ける食卓』の見本が出来上がってきたとき、企画会議から撮影、校了までの苦労がすべて吹き飛ぶほどの手応えを感じた。料理写真の仕上がりも然ることながら、榎本さわこの表情がとにかくいいのだ。この本を手にした人たちが、「こんな女性になりたい。こんなお料理を作れる人になりたい」と憧れを抱くであろう雰囲気を、予想以上に醸し出している。

榎本さわこがファンの女性たちに囲まれている姿がハッキリと目に浮かんだ。

とはいえ、毎日二百冊、三百冊の新刊が出ると言われている出版業界。書店店頭での動きが悪ければ、あっという間に返品されてしまう。

ぐずぐずしてはいられない。

「連載時から人気沸騰！　読者アンケートの結果は常にトップ3入り。『さわこさんは私の憧れの人です』『さわこさんを目指して、日々家事に励んでます』『さわこさんが作る料理は我が家でも大人気です』『連載を一冊にまとめてほしい』読者からの熱烈な要望を受け、料理研究家榎本さわこの『家族の笑顔が弾ける食卓』ついに刊行！」

百通近くしたためた自筆の手紙とプレスリリースを同封し、ありとあらゆる人脈を駆使してメディア関係者に見本を送りまくった。一人でも多くの人に榎本さわこの存在を知ってもらいたい。そんな強い気持ちを引っ提げて、アポイントが取れた場合は直接訪問し、料理研究家榎本さわこを売り込んでいく。

発売日当日と翌日は、少しでも目立つところに置いてもらいたい一心で、販促用のPOPやチラシを携えて、首都圏にある書店の料理本担当者の元を走り回った。

発売と同時に熱烈なファンが書店へと走るカリスマ料理研究家ならいざ知らず、無名の主婦であるさわこのはじめての本がすぐに動き出すとは思えない。だからと言って、新人だから売れなくても仕方ない、は通用しない。

実際、『家族の笑顔が弾ける食卓』も発売当初は散々だった。

厳しい数字を突きつけられへこみもした。

ただ、動きが鈍いからと言って、そう簡単に諦めるわけにはいかない。イメージは作られるのではなく作るもの。原石を輝かせることができるかどうかは、担当編集者である自分の手に掛かっている。このまま榎本さわこを埋もれさせてしまったら、真奈美自身の手腕が問われかねない。ここが踏ん張りどころだ。単行本を購入した読者からの反響を新たに付け加えたプレスリリースを作成し、見本を送ったメディア宛に再送する。

発売から二ヵ月が経過。突破口が見つからず、じりじりしていた頃、真奈美の強い思いが伝わったのか、榎本さわこという人が強運なのか……。平日の朝八時からはじまる全国ネットの人気情報番組「朝のひととき　あなたにエナジーチャージ」のディレクターが、真奈美の送った見本を見てさわこに興味を抱き、番組内のお料理コーナーへの出演オファーを寄越したのだった。

「もちろん、喜んで出演させていただきます」

と答えたものの、生放送での失敗は許されない。さわこに務まるだろうか。またまたお腹がグルグルしはじめる。

見本が出来上がってきてからずっと、本の中の榎本さわこと実際の佐和子がかけ離れすぎているのではないか。実物に会った読者が落胆しやしないか。そんな懸念を抱きながらも、それを無理矢理押し込めてきた。

ただ、走り出した以上、この機会を逃すわけにはいかない。

必死に不安を振り払うと、「料理研究家榎本さわこ、『朝のひととき　あなたにエナジーチャージ』出演！」と書かれた陳列ビラをすぐさま作成し、販促に活用してもらう手はずを整える。

いままでも、この番組で紹介されたことをきっかけにブレイクした人は数知れず。無名だったさわこの存在を世に知らしめることができれば、今後のプロモーション展開にも力が入る。

本番当日、さわこと共に局を訪れ、スタジオの片隅で本番の様子を見守っていた真奈美は、そのあまりの辿々しさに、「料理研究家とは名ばかりで、何なの、あの包丁さばき」「あの程度で料理研究家とは、呆れて開いた口が塞がらない」なんてクレームが来たらどうしよう。あれこれと要らぬことを考えてしまい、逃げ帰りたくなった。

「このハンバーグには榎本さんならではのアレンジが加えられているんですよね」

番組のMCが、打ち合わせ通りの質問をしているにもかかわらず、

「アレンジですか……。特には」

上がってしまったのだろう。とんでもない答えをする。

あー、やってしまった！　頭を抱えたところで後の祭り。胃がキリキリと痛み出し、全身から冷や汗だか脂汗だかわからないものが吹き出してくる。

「パン粉の代わりにお麩を細かくして、つなぎに使っているんですよね」

MCがフォローしてくれたからよかったものの、最後の最後まで受け答えはちぐはぐなままだった。

「頭が真っ白になってしまって、何にも覚えていないんです」

落ち込むさわこを伴って帰路についたものの、やはり生放送は時期尚早だったのかもしれない。後悔ばかりが先に立って、労いの言葉を掛ける余裕さえ残っていなかった。

編集部に戻ってからも、ディレクターや視聴者、読者からのクレームが来やしないか。

炎上してやしないか。ハラハラドキドキして仕事に集中できない。

「山上さん、ランチ行きません？」

「ごめん、今日はやめとく」

同僚から誘われても、とてもじゃないが物が喉を通る状況ではない。

「気づいてないかもしれないけど、ママ、さっきからため息三連発だよ」

帰宅後も愛里沙に呆れられる。

作り手の演出によって女性が憧れる人気料理研究家を作り上げることはある程度可能だとは思っているが、テレビの生本番はやはり素が出てしまう。さわこの場合、プロモーションは紙媒体に限るべきだったのではないか……。

後悔ばかりが先に立って、目がさえてしまう。

真奈美がベッドの中で眠れずに何度も何度も寝返りを打っていた午後十一時過ぎ。その日のスタジオゲストだった二十代のイケメン人気俳優が、『朝のひととき』で試食した榎本さわこさんのハンバーグが最高に旨かった。また食いたい！」と、さわことのツーショットとハンバーグを頬張っている自身の写真をSNSに上げてくれたことで、「#榎本さわこのハンバーグ」が一時トレンド入りする。すると、その影響か、番組の公式ウェブサイトに掲載されたレシピへのアクセス数とネット書店での順位がトップテンにまで急上昇した、というのだ。

一夜にして状況が変わってしまったことなど露知らず、翌朝、真奈美が重い足を引きずるようにして出社すると、「急遽重版が決まった」と営業部から報告を受ける。書店からの注文が殺到し、嬉しい悲鳴を上げているとも。

「重版ですか……。本当に、重版するんですか？」

俄には信じられず、くどいくらい聞き返した。

「今度の日曜日、まずは朝日、毎日、読売の朝刊に全5段の広告を打って、反応が良ければ、翌週はブロック紙と地方紙に広げようかと思ってるんで」

宣伝部長からも興奮した様子で内線電話が掛かってくる。

「山上さん、榎本さわこの二作目、来週の企画会議に出すから、大至急企画書にまとめてくれる」

編集長の声までもが上ずっている。

「山上さんが担当した料理本、すごい勢いで売れてるんだってね」

普段は会釈をしても表情ひとつ変えない堅物の社長までもが、エレベーターで乗り合わせた際に声を掛けてくる。

自分が手掛けた本がブレイクする快感はもちろん悪くない。ただ、さわこには二作目を立て続けに出せるだけのレシピのストックがない。テレビ出演のオファーが相次げば、調理技術の低さや知識の乏しさが白日の下にさらされてしまう。

何とかなるという気持ちと、慎重にいくべきだという気持ちが真奈美の中で行ったり来たりを繰り返している。

「山上さん、次回作も期待していますよ」

社内の人たちから声を掛けられるたびに、プレッシャーでお腹がグルグルするのだった。

「番組でご一緒したタレントさんからいただいたクッキーがすごくおいしかったので、マリさんに頼んで買ってきてもらったの。だから、山上さんにもひとつお裾分け」

そう言って手渡されたのは、常連客からの紹介がないと購入できないという麴町《こうじまち》にある完全予約制の老舗のものだった。

「お気遣いありがとうございます」

と言って受け取ったものの、何だかしっくりこない。

ここ最近、テレビの仕事で地方ロケに出掛けるたびに、さわこは「山上さんにはお世話になっているので」と、岡山のマスカットとか、宮崎のマンゴーとか、山形のさくらんぼとか、北海道のタラバガニとか、青森は大間のマグロなどを送ってくる。

「うわー、うれしい！　ごちそうさま」

ありがたく受け取ればいいのかもしれないが、そういうわけにはいかない。

さわこと真奈美はあくまでも仕事のパートナーであって、ズブズブの関係になってしまうと、いろいろな場面で抑制が利かなくなる。

「もう、こういうことはやめてください。私は、ただ仕事をしているだけなんですから」やんわりと断りをいれるが、こちらの真意は伝わらない。

「何を言ってるんですか。私はお世話になっている山上さんにおいしいものを食べていただきたいだけなんですから」

あっけらかんと言ってのける。

プロデューサー宅での偶然の出会いから三年あまり、今や押しも押されもせぬ人気料理研究家となったさわこだったが、キッチンスタジオを併設した豪邸を手に入れてからというもの、金銭感覚が麻痺しはじめているのか、その暮らしぶりは驚くほどセレブ化している。

それ以外にも、たぶんこの人は仕事とプライベートの区別がつかないのだろう。

「山上さんに、ちょっと相談があるんですけど」「チーズを使ったお料理を三品作らないといけないんですけど、何がいいと思います」他の出版社やテレビの仕事にもかかわらず、あれやこれやと頻繁に連絡を寄越す。しかも、昼夜週末構わずに。

無邪気と言うのか、無神経と言うのか。悪気はないのだろうが、真奈美はさわこのマネージャーでもなければアシスタントでもない。なぜ、他社の本作りに、自分のアイデアを提供しなければならないのかと思うが、担当編集者として無下に扱うこともできない。もうここまで来たら、一蓮托生の運命なのだと割り切るしかないのだろう。

全社一丸となって、出せば必ずベストセラーとなるほどのカリスマ料理研究家に育て上げた榎本さわこを会社が手放すはずはないし、自身が担ぎ上げ、世に送り出したさわことの縁をそう簡単に切れるはずがないことを、真奈美は誰よりもわかっていた。

＊

日曜日の朝八時過ぎ、愛里沙と朝食を摂っていると、充電中のスマホがブルブルッと振動する。

こんな時間に誰かしら……？

スマホを手にした真奈美の表情が一瞬だけ曇ったのを見逃さなかったのだろう。

「また、榎本さわこ？」

愛里沙が小さな声で訊いてくる。

「もしもし、山上です。おはようございます」

うんざりしながらも、営業用のすました声で対応すると、テレビ番組のロケでイタリアに行くことになったと、弾んだ声で話しはじめる。

「それにね。いただいたスケジュール表には、飛行機はビジネスクラスで、ホテルは五つ星って書いてあるのよ」

テレビの制作費と書籍の編集費とでは、予算がひと桁違う。真奈美の会社ではビジネスクラスに乗れるのは役員だけだし、一般社員の出張旅費手当は一日八千円だ。たまの休日、朝からこんな話を聞かされたら堪ったものではない。

「向こうで、現地の食材を使ったお料理を作るみたいなんだけど、前に山上さんが考えてくれたトマトとズッキーニのラザニアにしようかと思ってて。どう思います？」

どう思うも何も、どうぞご勝手に。と心の中でつぶやきながら、「いいんじゃないですか。現地のトマトやチーズを使ったら本格的な味になると思いますよ」苛立ちを封じ込めて淡々と答える。

「そうよね。イタリアの人たちも喜んでくれるわよね」

「だと思いますよ」

「やっぱり、山上さんの意見を聞くとホッとするわ。イタリア各地の市場や食料専門店を回るみたいなんで、オリーブオイルとかワインとか、見繕って買って来ようかと思ってるの」

はじめての遠足に出掛ける子どものようにはしゃいでいるさわこに気持ちが乱されていく。

それはようございますこと。声に出さない代わりに、深いため息をつく。

面倒臭そうに相槌を打つ真奈美を醒めた目で見つめながら、愛里沙はシナモントーストを頬張っている。

「ロケ慣れしたスタッフが同行すると思うので、私が心配することではないんでしょうけど、お腹を壊さないように、旅先では神経質なくらい用心した方がいいですよ」

多少の嫌みを込めてそう伝えるが、さわこにこちらの気持ちはわからないようだ。

「そうね。そうよね」声がさらに高くなる。

「じゃあ、くれぐれもお気をつけて」

まだ何か話したそうなさわこを無視して、さっさと電話を切る。

あーあ。再び深いため息をつくと、

「大人は大人で結構たいへんなんだね」

愛里沙が鼻からフッと息を吐いた。

＊

さわこと組んで何冊目になるだろうか。新刊『食べ盛りの子どもたちも大満足 さわこ流簡単でおいしい毎日のお弁当』の制作がはじまろうとしているにもかかわらず、なぜだかエンジンが掛からない。

プロの料理人のような腕があるわけでもないさわこが提案するレシピは、一冊目から変わらず誰もが作れそうな家庭料理だというのに、このところ撮影で使う食材費は家庭料理の域を遥かに超えている。

編集費を予算内に収めるのも編集者の役目。ヤキモキしている真奈美の胸中など知らぬ存ぜぬとばかりに、請求書に添付されているレシートは、都内の一等地にある高級スーパーのもので占められている。野菜や肉などの生鮮食料品の値段が庶民派のスーパーのものより割高なのは仕方ないとして、フランス産の発酵バターとか、オランダから空輸されたチーズとか、普段のおかず作りには使わないであろうものまで含まれているのはどういうわけか。

この人、こんなに厚かましかっただろうか。違和感が募っていく。

何が彼女を変えてしまったのか。

榎本さわこに憧れる女性たちの羨望の眼差しか。先生と呼ばれ崇め奉られる快感か。はたまた、億を超える年収を稼ぐようになったからなのか。平凡を絵に描いたような暮らしをしていた、どちらかというと鈍くさい人をも変えてしまう魔力がマスメディアにはあるということなのだろうか……。あれこれと考えては、またため息をつく。

周りの人にかしずかれ、持ち上げられることが当たり前になった最近のさわこには辟易するものの、彼女の主体性のなさを逆手に取り、自分の思うように祭り上げてメディアに引っ張り出した身としては、胸の奥が痛まないわけではない。ただ一方で、担がれてその気になるかならないかはその人次第なのだとクールに捉えている自分もいる。

そんなやっかいな感情を押し殺しながらの本作りに疑問を抱くようになっていた矢先、榎本さわこ関連の出版物の累計発行部数が二百万部に達した記念のパーティーを開催するという指令がトップダウンでもたらされる。広告代理店と出版社の宣伝部が仕切るスポンサーがらみのイベントなのだが、ある意味世間知らずのさわこが勘違いしないとも限らない。

関係者が一堂に会した榎本邸での打ち合わせ。老舗高級フルーツ店のゼリーを恭しく抱えてやって来た広告代理店の営業マンが、「いやー、これが噂のキッチンですか。さすがさわこ先生、すばらしい！　うちのカミさんが憧れるわけだ」と、これでもかと持ち上げている様子を横目で見ながら鼻白む。

訪れるたびに、この家から家族の気配が消えていることに気づいているのは自分だけなのだろうか。にこやかな表情を浮かべて打ち合わせに参加しているさわこを前に真奈美の気持ちは穏やかとは言えなかった。

「私は何もわからないので、みなさんにお任せします」と言いながらも、「会場のお花は、パリでアレンジメントを学んだというフラワーアーティストのフランソワーズ緑子さんにお願いしたらどうかしら」「わざわざお越しいただくのだから、手ぶらで帰ってもらうわけにはいかないですよね」「この間番組でご一緒したタレントさんにもお声掛けしたいんですけど」……、無邪気なのか、強かなのか、しれっと自分の要望をぶち込んでくる。

パーティー当日が近づくにつれ、どこにでもいるような親しみやすさと欲のなさに惹かれて声を掛けた榎本佐和子が、家族思いの人気料理研究家榎本さわこを堂々と演じていることに、真奈美は歪みを感じはじめていた。

この歪みは、もう元には戻らないだろう。

これぱかりは、編集者というより女の勘。夫と子どもがついに現われなかったパーティー会場で、読者の代表やスポンサーのお偉いさんたちに囲まれ有頂天になっているさわこを見つめながらハッキリとそう思った。

＊

「さわこ大先生のウチって、仮面家族だったんだね」

週刊誌報道が出た翌朝、シナモントーストを頬張りながら愛里沙が言った。

「仲のいい普通の家族だったのに、本を出したことで人が変わってしまったとしたら、ママにも責任あるのかもね」

このところずっと胸の奥に引っかかっていることが言葉になってこぼれ落ちる。

「責任？　それはないんじゃない」

「そうかな」

「そうだよ。ママは、ただ自分の仕事を一所懸命やってただけでしょ」

「それはそうだけど」

「だったら、それでいいんじゃない。これからの人生、悩んだり、迷ったりするかもしれないけど。そのときそのとき自分がやるべきことを一所懸命やればそれでいいんだって、パパもよく言ってたじゃん」

「そうね。ママも、よく言われたわ」

パパっ子だった愛里沙が、夫の死をどう受け止めるか……。それは、母である真奈美にも全くわからなかった。それでも、小学四年生だった愛里沙に夫の余命が半年だということを正直に伝えることにしたのは、後に「何で教えてくれなかったの」と言われるより、たとえ悲しみや苦しみの日々を送ることになったとしても、最後の最後まで親子三人気持ちを一つにして生き抜きたい。そう夫が望んだからだった。

「今夜が峠かも知れない」と言われた日、真奈美と愛里沙は病室で朝を迎えた。窓の外が薄らと白みはじめた頃、息が浅くなり、苦しそうだった夫の顔がふと穏やかになった。

「パパ、頑張って！」

愛里沙が手を握ると、一粒の涙が夫の目尻からこぼれ落ちた。そして数秒後、二人に見守られて夫は静かに旅立っていった。

「パパ、これからも私とママのこと応援しててね」

呆然と立ち尽くす真奈美の傍らにいた愛里沙が、夫の耳元に柔らかな唇をそっと近づけた。

今にして思えば、最後の最後まで諦めずに自身の命と向き合い続けた夫と共に過ごしたあの半年が、母と娘が二人で生きていく礎になったような気がするし、あの半年があったからこそ、会社でのあれこれや仕事のことを嘘のない言葉で話すようになったのかもしれない。

二十歳になった愛里沙が母親のことをどう思っているかは正直わからない。ただ、彼女の足手まといにだけはならないようにしよう。迷惑を掛けないようにしなければ。さわことさわこの家族の変化を間近で見てきたからだろうか……。このごろよく、真奈美は自分に言い聞かせる。

＊

「山上さん、榎本さわこの新刊企画、白紙に戻すしかないですよね」

「そうですね」

営業部長からの内線電話に即答する。

「安定した人気を誇っていたので残念ですけど」

「すみません」

「いや、山上さんが謝ることでもないし」

「そうですけど、営業のみなさんの努力を無駄にしてしまって」

「そんなことないですよ。いままで十分稼がせてもらいましたし、また新しいスターを育てればいいだけのことですから」

「まあ、そうですけど」

これで、大手を振ってさわこと縁を切れる。思わぬ形でやって来た潮時に、真奈美はホッと安堵の胸をなで下ろす。

ただ、そう簡単に新しいスターは見つからない。電話を切ると同時に、あーあ、と深いため息が漏れる。

落ち込んでいる暇はない。次の企画会議は来週の月曜日に迫っている。

「料理研究家は主婦を敵に回したら終わりです」

週刊誌報道が出た直後に掛かってきた電話でそう伝えたきり、さわこからの電話には一度も出ていない。

マスメディアに引っ張り出したのは自分だが、マスメディアから引きずり下ろしたのは自分ではない。責任を感じる必要も、役目を終えたさわことこれ以上付き合う必要もないだろう。

コーヒーを飲み、気持ちを切り替えると、気になったキーワードや思いついたことを書き留めておくノートを開いて企画のヒントを探しはじめる。

一人暮らし世帯や、家族がいても食事はバラバラという家庭が増えている今、四人家族を標準としていたレシピの分量も一人分、二人分に変わりつつある。真奈美自身もご多分に漏れず、週末にまとめて作り置きをし、平日は冷凍庫に保存してあるおかずをチンして食べるのが当たり前になっている。頭の中を個食の時代へとシフトさせる。

一人暮らしの大学生男子が自炊の様子を毎日アップしているブログも気になるし、以前取材した働く女性の作り置きレシピもなかなかのものだった。若い世代ばかりではない。定年後の老夫婦世帯や高齢者の一人暮らしなども増加の一途を辿っている。

「一人暮らしでも食材を無駄にしない簡単レンチンレシピ」「個食の時代のあったかご飯」「週末に一週間分のおかずを作り置き」など、個食にターゲットを絞った企画書の作成に没頭する。

集中してキーボードを叩いていると、榎本さわこの伴走者として走り続けた日々が、あっという間に忘却の彼方に押しやられていく。

＊

あー、旨い！ 冷蔵庫から取り出した缶ビールを立ったまま呷っているときだった。

「結果的に子ども携帯でよかったのかもね」

突然、愛里沙に言われ面食らった。

「どうしたの？ 急に」

「早くからスマホを持ってた子たちって、スマホに依存しすぎてて面倒臭いんだよね」

「そうなんだ」

「どうでもいいことをLINEで報告し合ったり、四六時中SNSをチェックしてたりして、話してても面白くないし、そういう子たちとは無理して友だちになる必要ないのかなって最近よく思うんだ」

なるほど、そういうことか。

こういう場合は、母としてどう答えたらいいのだろうか……。

しばし考えてから、「そうね。人との関係って、ずっとつながってればいいってわけじゃないし。鬱陶しい人とは、愛里沙が言うように無理して付き合う必要なんてないのよね」思ったことをそのまま伝える。

「もしかして、それって榎本さわこのこと?」

「違うわよ。一般論を言ってるの」

と答えながら、妙にスッキリしている自分に気づき、真奈美は思わずほくそ笑む。

私の天職

「連載の評判がいいので、一冊にまとめたいと思うんですけど」

「来年四十歳になるので、いい記念になります」

編集担当の山上とこんな会話を交わしたような気がする。

それまでも、二年にわたって、生活実用誌で家庭料理を紹介してきた。山上の指示に従って、ハンバーグやポテトサラダ、餃子などを。だから、単行本もその延長なのだろうと、深くは考えなかった。

「著者名は、親しみやすさを強調して平仮名がいいんじゃないかと思ってまして」

単行本の制作が進められてしばらくすると、表紙のデザイン案を見せられた。

『家族の笑顔が弾ける食卓』というタイトルの下に、〝料理研究家榎本さわこ〟と大きな文字でデザインされている。

料理研究家……って、私が？

食のプロでもない自分が料理研究家を名乗っていいものかと、ちょっと戸惑った。でも、にっこり微笑む表紙の中の自分が驚くほどキラキラ輝いていたので、数秒後には嬉しさと誇らしさがこみ上げてきた。

榎本佐和子は、同僚だった修一と二十四歳のときに結婚し専業主婦になった。二年後には長女の岬が、そのまた二年後には長男の海人が生まれ、それからは子育て中心の生活を送ってきた。

これと言った趣味もなければ特技もない。何か目標があるわけでも、こだわりがあるわけでもない。日々の楽しみといえば、ママ友とのおしゃべりとスーパーへの買い物くらい。海人の同級生の母親で、同じマンションに住む水戸智恵子とはよく連れだって買い物に出掛け、親類同様の付き合いをしていた。

「ウチの直也、魚が苦手で困ってるの」

「そうなんだ。ウチの子たちは、私の実家が海に近いせいか、干物もおさしみも喜んで食べてくれるわよ」

「羨ましい。いろいろ工夫しないと、直也は食べてくれないのよね」

こんな会話をしながら互いのレシピを交換し、ときに、おかずを分け合った。

岬が五年生のとき、短大時代の同級生で、フードコーディネーターの青柳美香子に頼まれて、週に三日だけパートでアシスタントをはじめることになった。買い出しや下ごしらえなど、普段の台所仕事の延長のような仕事だと聞いたからだ。緊張や根気を強いられる仕事だったら、いくら家計の足しになっても二の足を踏んでいただろう。子どもたちも手が掛からなくなっていたので、気分転換にちょうどいいと思い、軽い気持ちで引き受けた。

時給は千円で一日五時間。一ヵ月十二日ほど働いて六万円前後。パートで得た収入は、自分の衣料品購入や子どもたちとの外食に使った。

パートをはじめて半年ほど経った頃、テレビ局のプロデューサー宅でおこなわれたホームパーティーに美香子の助手として駆り出される。

「読者が登場する一ページの企画をお願いしてた人が入院してしまって、代わりの人を探してるんですけど、榎本さん、明後日空いてませんか?」

パーティー当日、佐和子がキッチンで料理をあたためていると、生活実用誌の編集者山上から声を掛けられた。さっぱりした雰囲気の女性で、とても感じがよかった。

代役が務まるだろうか。一瞬、躊躇《ためら》ったが、作る料理はハンバーグとポテトサラダだと言われ、だったら自分にもできそうだと思い引き受けた。

「普段、ハンバーグやポテトサラダを作るとき、榎本さんなりに工夫してることって何かあります?」突然の質問に戸惑った。

誰もが作る定番のハンバーグに工夫も何もあったものではない。だからといって、何もしていないとは答えにくかった。

「そうですね。ハンバーグのつなぎにパン粉じゃなくてお豆腐やお麩を使うとか。ポテトサラダを和えるマヨネーズにヨーグルトを少し加えて、カレー粉でアクセントをつけるとか……」

以前、テレビで紹介していた作り方を、自分のアイデアであるかのように伝えてみた。

「あっ、それいいですね。普通っぽいのに、ちょっと健康的な感じがして。明日、お電話しますので、材料と分量だけ教えていただけますか」

「分量って言われても、いつもテキトーなんです」

ドギマギする佐和子の心中を察したのか、山上はテキパキとことを進めていく。

「わかりました。じゃあ、こちらで栄養士さんに頼んで出してもらいます」

撮影当日、事態が飲み込めないまま、お気に入りのエプロンを持って指定されたスタジオに向かう。すでに材料が用意されており、指示された分量通りにハンバーグとポテトサラダを作った。出来上がった料理は、フードスタイリストがお洒落な器に盛り付け、ランチョンマットが敷かれた撮影台にセットされた。

「山上さん、これでいかがですか？」

カメラマンから声を掛けられた山上がモニターを覗き込む。

「ちょっとさみしいかな。クレソンをもう一本足してみてください」

「こんな感じでいいですか？」

すぐに、フードスタイリストが対応する。

「はい、オッケーです」

山上のオッケーが出るとカメラマンがファインダーを覗き、助手に指示を与える。

「右奥のライト、もう少し下げて」

シャッターを切る音がスタジオに響く。

「はい、チェックしてください」

山上とスタイリストがモニターを覗き、「いいんじゃないですか」と言った。

「榎本さんもチェックお願いします」

山上に手招きされ、モニターを覗いたものの、何と言ったらいいのかわからない。

「いいと思います」と答えた声が上ずっていた。

はじめての撮影現場は、ただ、ただ驚くことばかり。右も左もわからずあたふたしているうちに、終わってしまった。

一週間後、「内容を確認して、何かあれば連絡ください」と山上から電話があり、誌面の内容をチェックする校正ゲラというものが送られてきた。

「子どもたちが大好きな榎本家のハンバーグとポテトサラダ」と名付けられた料理の何とおいしそうなこと。しかも、ページの隅っこには佐和子の顔写真と、「小学生の女の子と男の子のママで、近所でも評判のお料理上手な主婦」という、気恥ずかしくなるようなプロフィールまで添えられている。

プロの手に掛かると、素人が作った料理もこんな風に特別な感じになるんだ。

驚くと同時に、ちょっと気分が上向いた。

たった一ページとはいえ、雑誌に載るなんてことは人生初の快挙。しばらくして送られて来た掲載誌を持つ手が震えた。ドキドキしながら自分が載っているページを探す。料理も然ることながら、何者でもない自分の価値が少しだけ上がったような気分になった。自尊心がくすぐられ、ご褒美をもらったように心が浮き立った。

「ママが作るいつものハンバーグとちょっと違うんじゃない?」

岬の感想は素っ気なかったが、代わり映えのしない日常がキラキラと輝き出す。

「榎本さんのハンバーグ、読者からの評判がすごくいいんです。簡単でおいしかったとか、安くてヘルシーだとかって。よかったら、また登場していただけませんか」

二週間後、山上から電話が入る。

榎本さんのハンバーグと言われても、山上さんの指示に従って作っただけですけど。と思いながらも、「あんな感じでよければ、いつでも喜んで」と答えた。

翌々月から、毎号子どもたちに人気のおかずを二品ずつ紹介することが決まったのだが、佐和子にとっては美香子のアシスタント同様、台所仕事の延長のようなもの。よくわからないまま、月刊誌での連載がスタートしていた。

そんな状況だったこともあり、佐和子が紹介する家庭料理のページが読者アンケートのベスト3に食い込む人気のコーナーになったと聞かされても、ときどき巻頭の特集ページで起用されるようになっても、気分転換と小遣い稼ぎ程度の気持ちに変わりはなかった。

連載がスタートして二年ほど経ったある日、レシピ本『家族の笑顔が弾ける食卓』の出版を打診され、深く考えずにオッケーした。

ただ、単行本用に新たなレシピを二十数点考え、一気に撮影しなければならないと言われ途方に暮れる。美香子のアシスタントとの両立ができるほど器用ではないことを、誰よりも佐和子自身がわかっていたからだ。

「連載をまとめたレシピ本を出すことになったの。それで、そのためのレシピを考えたり、撮影をしたりしなくちゃいけなくて。今月いっぱいでパート辞めたいんだけど、私が辞めたら、美香子困るわよね」

思い切って相談してみると、

「おめでとう。それはよかったわね。こっちのことなら心配しないで。ほかの人を探すから。佐和子は本作りに専念して」急な申し入れだったにもかかわらず、美香子は、快く承諾し、レシピ本の出版を自分のことのように喜んでくれた。


一冊の本を作るための工程は、佐和子の想像を遥かに超えて慎重で、緻密で、丁寧で、かなりの労力と能力を必要とした。全体の構成を考えてくれた山上と何度も打ち合わせをし、彼女と一緒に新たなレシピを二十数点考えた。

普段は、冷蔵庫にある物やスーパーの特売品を使って、その場その場の行き当たりばったりで献立を決めている。計画的に食材を使いこなすなんてこともない。だが、それでは読者の支持を得ることはできないと山上から言われ、身近で安価な食材を無駄なく使い切るレシピを必死に絞り出した。

味付けもいつも目分量。計量スプーンや計量カップを使うことはほとんどなかったが、本に掲載するとなると、そういうわけにはいかない。自分なりに分量を割り出した。

こんなことなら、短大時代、もっと勉強しておくんだった。

ふと、そんな思いが頭をよぎる。でも、それも取り越し苦労。山上をはじめとするスタッフは、全員、料理本作りのプロ中のプロ。メモ書きにした材料と分量、作り方を渡すと、栄養士によって分量とカロリーが正確に割り出され、ライターの手によって完璧な原稿になって戻ってきた。

自分のレシピが万人にウケるとは思えない。プロのお墨付きがあれば、読者からの問い合わせにドキドキせずに済む。プロの手を借りるに越したことはないのだった。

「山上さんって、本当にすごいのよ。私が作るどうってことない普段のおかずを驚くほどおいしそうな料理に変身させちゃうの。カメラマンも、スタイリストも、スタッフ全員一流だし、みなさん、山上さんを心から信頼していて、任せておけばいい本ができますよ、ですって」

佐和子がレシピ本を出版すると聞いて心配する夫の修一に、山上の仕事ぶりを報告するのが朝食時の日課になっていく。

「そういう人を、敏腕編集者って言うんだろうな」

修一は、まるで子どもから学校の話を聞くように、佐和子の話に耳を傾けてくれた。ホント、やさしい夫でよかった。修一が理解を示してくれたことで、佐和子は心置きなく本作りに集中できた。

三日連続の撮影は、いままでの人生で最も緊張した。

分刻みのスケジュールに従って佐和子が料理を作ると、フードスタイリストが素早く盛り付けていく。器選びも、盛り付け方も、一切の妥協を許さない勢いで、スタッフ一同、佐和子の料理が出来上がるのを待ち構えている。

「ちょっとソースの量が少ないような気がするので、足していただけますか」

カメラマンからリクエストが飛ぶ。

「添える野菜の色味がワンパターンなので、もう少し工夫してください」

「肉の表面が乾いてしまってるので、照りをつけましょうか」

佐和子の無頓着さとは対照的な山上の鋭くも的確な指摘にフードスタイリストが即座に対応する。

そのたびに、佐和子は足がすくみ、料理をする手が震えた。

「さわこ先生、確認お願いします」

ワンカットごとにカメラマンから確認を求められたが、相変わらずどう答えたらいいのかわからない。情けないやら、恥ずかしいやらで、顔が火照る。

ただ、不思議なことに「さわこ先生」と呼ばれ、戸惑ったのは初日だけ。二日目には、それを当たり前のように受け入れていたし、三日目には、それがある種の快感にさえなっていた。

その後も、山上は手を抜くことがなかった。原稿やゲラの直しから写真選び、デザインや印刷の仕上がり具合のチェックまで、不慣れな佐和子に代わって一切合切を取り仕切ってくれた。すごい女性がいるものだと、ただ感心するばかりだった。

すべての編集作業が終了し、十日ほど経つと、出来上がった本が届いた。ドキドキしながら梱包を解く。予想以上に本格的な本だった。

これが私？

エプロン姿でにっこり微笑む表紙の中の榎本さわこは、まるで魔法に掛けられたようにキラキラと輝いている。逸る気持ちを抑えながらページをめくる。紹介されていた料理も、食材や器のひとつひとつも、さらには料理をする佐和子自身も、うっとりするほどお洒落でセンスがよかった。

出来上がったレシピ本を見た夫や子どもたちは、「ママじゃないみたい」と素直な感想を述べ、実家の母は狐につままれたようだと驚いていた。

ママ友の智恵子は、「わあ、素敵。すごいじゃない」と驚きの声を上げた。

私、こういうのに向いているのかも。周りからの驚きや称賛の声を聞いているうちに、段々とそんな気分になっていく。

『家族の笑顔が弾ける食卓』が、書店の料理本コーナーに並んでいるのをはじめて目にしたときのドキドキとワクワクが入り交じった高揚感。自分の価値がワンランクもツーランクも上がったような優越感。浮き立つ気持ちを抑えることができなかった。

印税が振り込まれたときには、もっと興奮した。一ヵ月分のパート代や、雑誌の原稿料とは桁が違っていた。専業主婦になってはじめて、五十万円を超える額が榎本佐和子名義の口座に振り込まれた。

出版社から届いた支払い通知書を夫に見せると、

「ママが頑張った結果なんだから、ママの好きなものを買えばいいさ」と、ねぎらってくれた。

「本のPRのためにテレビに出て欲しいんですけど」

山上から電話があったのは、『家族の笑顔が弾ける食卓』が発売になって二ヵ月ほど経った頃だった。

「テレビに出るって、私がですか？」

思ってもみなかった展開に動揺する。

「もちろんです。情報番組のディレクターに、『家族の笑顔が弾ける食卓』を送ったところ、とても気に入ってくれて。料理コーナーに、ぜひ出演してほしいって」

「もしかして、テレビで料理を作るってことですか？」

「そうですけど、だめですか？」

「だめって言うより、私、無理です。テレビで料理を作るなんて」全力で断った。

しかし、山上は簡単には諦めない。

「大丈夫ですって。いつも家でやってるようにやればいいんですから。それに、本の宣伝になるので、ぜひお願いします。私の顔を立てると思って、引き受けてもらえませんか？」

世話になっている山上にここまで言われたら断れるはずがない。二週間後、佐和子は山上に付き添われてテレビ局に赴いた。

前日に綿密な打ち合わせをしたというのに、本番では予想通り舞い上がってしまう。ハンバーグを作る数分の間、ずっと脚が震えていた。アナウンサーの問い掛けにも、上手く応えられなかった。本番を終えてスタジオを後にするまでの記憶が飛んでいる。

あまりの出来の悪さに、穴があったら入りたいほど落ち込んだ。

しかし、翌日、山上が興奮して電話を掛けてくる。

「番組の公式ウェブサイトにアップされたレシピへのアクセス数が予想を超えたみたい

で、視聴者から好意的なコメントが次々に書き込まれているって、ディレクターからお礼の電話がありました。専門家ではない初々しさが主婦層にウケたんじゃないかって」

「なら、よかったです。山上さんの顔に泥を塗ることになったんじゃないかって、気になってたんで」

「泥を塗るどころか、すごい反響ですよ。ネット書店の総合ランクも百位以内に飛び込んできて。今、品切れ状態になってるので、すぐに重版で対応しますから」

山上からの報告を聞いても、佐和子は何が起こったのか理解できずにいた。

しかし、このテレビ出演をきっかけに、状況は一変する。

『家族の笑顔が弾ける食卓』は、発売数ヵ月で三十万部を超えるベストセラーとなり、複数の出版社から料理本の企画が持ち込まれる。情報番組の料理コーナーにレギュラー出演することも決まった。

佐和子が何より驚いたのは、重版が掛かるたびに振り込まれる印税の額とテレビの出演料だった。

「重版のたびに、三万部ずつ刷るなんてことは、異例中の異例ですから」

山上から何度となく言われたが、記帳するたびに残高が百万単位で増えているのだから、財布の紐は緩み、金銭感覚も鈍っていく。

一遍に、十万、二十万円と引き出すのも、財布の中に十万円以上の現金が入っているのも当たり前になり、ちょっとした外出にタクシーを使うのも、特別なことではなくなっていく。食品や食材の値段を気にしなくなり、高級食材だろうと、多少値の張るものだろうと、次々に買っては自宅まで配達してもらった。

まるで、打ち出の小槌を手に入れたかのような感覚だった。

打ち合わせや撮影など、外出のたびにデパートに立ち寄った。ずっと眺めているだけだった有名ブランドのバッグや靴の値段が、どうってことない金額に思えるまでに、そう時間は掛からなかった。

「ママ、オージービーフじゃなくて、和牛でいいの?」

「お誕生日でもないのに、こんな高いケーキ買って大丈夫なの?」

一緒に買い物に出掛ける娘の岬が首をかしげる。

「いいのよ。だって、おいしいもの食べたいじゃない」

躊躇なく答えていた。

そして、確定申告の際には、原稿料と印税、テレビ出演料の合計が数千万円となり、税理士に相談しなければ収拾がつかないまでになっていた。

もちろん、夫の年収など比べものにならない。レシピ本の出版からたった一年で、佐和子は三十五年のローンを組んで購入したマンションを現金で買ってもおつりがくるほどの額を稼ぎ出していたのだった。

*

「さわこ先生クラスの料理研究家は、みなさんご自宅にキッチンスタジオを備えているものですよ」

台所用洗剤のメーカーとキッチングッズメーカーの二社とCM契約が結ばれ、「さわこブランド」と銘打つ商品を開発するライセンスビジネスが本決まりになった頃だった。広告代理店の担当者から、自前のキッチンスタジオを持つことを勧められる。

確かに、監修した商品の利益の一部が入るライセンスビジネスは安定した収益をもたらす。提示されたCM契約料は雑誌の原稿料やテレビの出演料の比ではない。しかも、料理研究家榎本さわこの露出が増えるにつれ、レシピ本はさらに部数を伸ばしているのだから、キッチンスタジオを持つことも、もはや夢ではなくなっていた。

キッチングッズメーカーのポスター用撮影が都内のスタジオでおこなわれたとき、休憩時間に交わしたカメラマンとの雑談に胸の奥の方がさざ波立った。

「先週は、料理研究家の橘《たちばな》リョウコ先生の撮影だったんですよ。鎌倉のご自宅にあるキッチンスタジオでおこなわれたんですけど、リョウコ先生のセンスや使い勝手のよさが活かされたお住まいとキッチンで、女性スタッフたちが羨ましがること。とにかく設備が整っているから料理もしやすいし、十分な広さがあるから撮影も順調に進むし、言うことなしでしたよ」

「橘リョウコさん?」

「そうです。さわこ先生も、ご存じですよね。彼女まだ三十代だっていうのに、すごい家建てちゃって。いまや、鎌倉マダムや湘南マダムの憧れの的ですよ」

最近、テレビや雑誌でよく見かける橘リョウコは、ハワイやカリフォルニアの料理学校で学んだことがあるという爽やか系の美人だった。ボーダーTシャツにポニーテールがトレードマークで、佐和子もその存在が気になっていた。

「若いのに、すごいわね」

ざわつく気持ちを気づかれないように相づちを打つ。

「彼女は、元々広告代理店にいた人ですから。メディアの巻き込み方も、自分の売り出し方も熟知してるっていうのか。すべてが戦略的で、打って出るときのタイミングにも、度胸のよさにも感心させられます」

「そうなんですか」

興味なさそうな振りをしたが、内心は気になって仕方なかった。

「たぶん、キッチンスタジオも細部まで計算し尽くした結果なんでしょうね」

「そんなにすごいんですか？　そのキッチン」

気がつくと、前のめりになっていた。

「夢がぎっしり詰まったようだって、スタッフがウットリしてましたから。女性にはたまらないんじゃないですか。『Life's』って女性誌ありますよね。来月発売の巻頭特集ですから、ご覧になると一目瞭然ですよ」

「彼女って、巻頭で特集されるほどの人気なの？」

「はい、ぶち抜き二十ページの大特集だそうです。彼女の人気にあやかって、部数を伸ばしたいんだって、編集者の鼻息も荒かったの何のって」

『Life's』の発売日、佐和子は近くの書店に飛んでいった。

その場で巻頭の特集ページを開く。お洒落で設備の整ったキッチンスタジオと、ピッカピカに磨かれたステンレスのキッチンを前に笑みを浮かべて料理を作る橘リョウコに目を奪われる。

引きで撮ったカットからは、キッチンの奥行きと広さが相当のものであることが推測できる。野菜を刻む調理台も、シチューを煮込むガスコンロも、すべてに橘リョウコならではの工夫が施されている。遠くに海が見えるバルコニーには、バーベキュー用のコンロとピザを焼く窯まで設置されていた。

確かに、これは夢のキッチンだわ。

誌面を眺めているうちに、妬ましさが羨ましさを上回る。

紹介されている料理の随所に見られるセンスのよさ。広々としたバルコニーのテーブルには、真っ白な器に盛りつけられたワンプレートランチやご馳走サラダが並べられ、フルーツをベースとしたこれまたお洒落なドレッシングが彩りを添えている。

さすが、アメリカの西海岸やハワイの有名料理学校で学んできただけのことはある。

感心しながらも、沸々と湧いてくる悔しさと嫉妬心。誰かに対してこんな感情を抱いたことがあっただろうか。橘リョウコへの抑えようのない対抗心が佐和子の料理研究家としてのプライドを刺激し、野心に火をつけた。

「自由が丘から軽井沢に引越したアーティスト宅だった物件で、築浅な上に、かなり大きなアトリエスペースがあるので、改装すればキッチンスタジオとして十分だと思いますよ」

広告代理店の担当者に紹介された不動産屋から図面を見せられたとき、佐和子はどうしてもそれを手に入れたくなった。

自分名義の口座の残高と、マンションを売却したお金を合わせれば、不動産屋から提示された物件価格に相当する額は何とか捻出できる。改装資金は、間もなく振り込まれるCM契約料と〝さわこブランド〟のライセンス料で十分賄える。

いままさに料理研究家としてステップアップする絶好のチャンス。このタイミングを逃すわけにはいかなかった。

橘リョウコのキッチンスタジオを凌ぐ広さと立地のよさ。グズグズしていると、ほかの誰かの手に渡ってしまう。

すぐ、夫に相談する。

自宅のキッチンスタジオで撮影や収録、打ち合わせをすれば、家を留守にしなくて済むこと、ローンを組まなくても手持ちの資金で何とかなることを強調した。

佐和子の話を黙って聞いていた修一は、

「ママの好きなようにすればいいさ。もう決めたんだろ」と言って、嬉しそうに目を細めた。

後は、橘リョウコに負けないキッチンスタジオを手に入れるために全精力を注ぎ込んでいくだけだ。

キッチンスタジオができれば、料理研究家榎本さわこの地位は確立したも同然。タイル一枚一枚から、引き出しや扉のノブ、コンセントの位置まで、細部にわたってとことんこだわり抜いた。

中学三年になった岬と、中学一年になった海人の夏休みがはじまる直前に、プロ仕様の理想のキッチンが完成する。榎本家は、長年住み慣れた武蔵小杉のマンションを引き払い、佐和子の思いがギッシリ詰まったキッチンスタジオ付きの自由が丘の豪邸に、ついに居を移したのだった。

＊

「やっぱり、隅から隅までさわこ先生の思い通りに改装した甲斐がありましたね」

「ホント、すごくお料理しやすくて、毎日が夢みたい！」

キッチンスタジオが完成してからというもの、アシスタントのマリと洋子は佐和子以上に張り切っている。

シンクやコンロ、調理台の位置は、動線を考えに考えて配置したので、とても使い勝手がよい。オーブンも冷蔵庫も冷凍庫も、家電はすべて最新式のプロ仕様の物を揃えたため、驚くほど効率が上がった。

料理研究家榎本さわこが手に入れた、まさに理想の城。プロ意識の欠片もなかった頃が嘘のように、料理にのめり込んでいった。

テレビのレギュラーが週二本に、雑誌の連載が三誌。そのほかにも、契約をしているメーカーとの打ち合わせや単行本の出版、旅番組の出演に料理教室やサイン会など、スケジュール調整にも四苦八苦するほどの忙しさ。新たに、マネージャーとしてユリ子を雇い入れた。

「洋子さん、これから明日の撮影の準備と代理店との打ち合わせがあるから、岬と海人のお弁当、お願いしてもいいかしら?」

「はい、わかりました。いつものようにあたためればいいだけにして、冷蔵庫に入れておきますので」

「ありがとう。助かるわ」

いつの間にか、岬や海人の弁当作りも洋子に任せるようになっていた。

子どもの頃からずっと、佐和子は決められたスケジュールに沿って物事を進めることも、ふたつ以上のことを同時におこなうのも苦手だった。料理研究家の仕事が忙しくなるにつれ、おのずと家族に関わる時間は減っていく。

でも、世の中うまくいくもので私立の中高一貫校に転校した岬と海人は、部活が忙しいのか、徐々に帰宅時間が遅くなっている。修一は接待や出張で週末も留守にすることが多かった。だから、家族のことはさておき、仕事に重きを置くようになっても後ろめたさを感じることは全くなかった。

下ごしらえや後片付けが丁寧で、佐和子の気が回らないところにも気を配ってくれる洋子と、飲み込みが早く機転が利くマリの存在が不可欠になると、二人と過ごす時間が大半を占めるようになる。

買い物や料理の手伝いが好きだった岬は、料理への興味が薄れたのか、キッチンで過ごすこともなくなった。帰宅するとすぐに自分の部屋に籠もってしまい、学校であったことを小学生の頃のように話さなくなった。母親と過ごすより友だちと過ごす方が楽しいのだろうし、一人になりたい年頃なのかもしれない。

「さわこ先生、明後日の撮影に使うバターとオリーブオイルが足りなそうなんで、買い物に行ってきますが、先生も一緒にいらっしゃいますか？」

食材や調味料などの管理もマリと洋子に任せていたので、佐和子は詳細を把握せずに済んでいた。

「そうね。今日は打ち合わせもないし、ほかにも買っておいた方がいいものがあるかもしれないから一緒に行こうかしら。ユリ子さん、二時に車出してくれる？」

「はい、二時ですね」

ユリ子が運転する車で、マリと洋子と一緒に都心にある高級スーパーへ向かう。値段は多少、いや、それなりにするが、そこにしかない調味料や食材もあり、二軒も三軒も回る手間を考えると、結局はそこに行くのが手っ取り早かった。

最高級のエキストラバージンオリーブオイルも、直輸入のチーズも、有機栽培の小麦粉も、珍しい野菜も、このスーパーなら手に入れることができた。

テレビ番組や雑誌で使用する食材を購入するための支出は必要経費。後にテレビ局や出版社に請求するので、お金の管理はすべてユリ子に任せていた。

「あら、このバルサミコ酢、めずらしい。試しに買ってみようかしら」

「宮崎産のマンゴー、おいしかったわよね」

「今度の撮影に使うので、発酵バターも多めに買っていきましょう」

値段を確かめることなく、目についたモノは片っ端からマリと洋子が押すカートに入れていく。一度の買い物で数万円使うことも日常茶飯事。特別なことだとは思わなくなっていた。

＊

「一体、何をカリカリしてるのかしら?」

　思春期特有の情緒不安定さなのか、反抗期なのかは定かではない。ときどき岬が突っかかるような態度を見せる。

　スーパーの総菜コーナーで売っている出来合のメンチカツが食べたいとか、有名パティシエのシュークリームは口に合わないとか何とか言ったかと思うと、ろくに人の話も聞かずに自分の部屋に籠もってしまう。

　結局、何が言いたいのか、どうしたいのかさっぱりわからない。翌日になるとケロッと忘れているようなので、こちらが心配するほどのことではないのだろう。

　中学二年に進級した海人が学校をサボっていることがわかったときはさすがにドキッとした。毎朝、いつも通りに出掛けていたので、まさか三日も無断欠席をしているとは夢にも思っていなかった。中学男子の突拍子もない行動は、ホント理解に苦しむ。

「そういう気分のときもあるよ」なんて、夫は暢気なことを言っていたが、悪い仲間にでも引きずり込まれたらと思うと、気が気ではない。

男性は、仕事中心の生活を送っていても何も言われない。でも、家庭内で何か起こると、それは母親の責任になる。

「最近のお前は、自分中心で家族は二の次。何を言っても聞く耳を持たないんだから」と、母から言われることもあったが、そんなことはない。佐和子は、佐和子なりに、家族にも十分気を配っていた。

忙しい撮影や打ち合わせの合間に、実家の様子が気になって電話を入れると、必ずはじまるお説教。

「母親だったら、子どもたちの食事くらいちゃんとしたもの作りなさい」やぶから棒に言い出す始末。田舎の酒屋の忙しさとメディアに出る忙しさは全く違うというのに、まるで私が主婦業を疎《おろそ》かにしているかのように決めつけられたら堪ったものではない。

まあ、いつまで経っても、親にとって子どもは子ども。心配をするのが親の務めだと思って聞き流した。

岬の反抗的態度も、海人の妙に冷めた言動も、親離れの時期にさしかかった証なのかもしれない。こういう時期の過干渉は、かえって反発を生むだけのような気がした。だから、放っておくのが一番だろうと、子どもたちに対しても冷静に対応した。

その後、修一が四国の松山に単身赴任となり、海人が隠岐の島の高校へ進学した。サラリーマンである夫の転勤は仕方ないとしても、海人がなぜ便利な東京を離れてまで離島の高校へ行きたいと思ったのかは、理解できなかった。

「東京にいると息苦しい」と海人が言ったとき、佐和子は自分の中学時代を思い出した。小さな町では、誰もが佐和子のことを知っていた。息苦しいほどの閉塞感ではなかったが、近所の目を面倒臭いと感じていたことは確かだった。

スマホが手放せない世代。ネットを介したつながりに重きを置く一方で、それを面倒だと思っている子どもたちも多いと聞いたことがあった。海人もそうなのかもしれない。東京以外の場所で暮らしたくなったとしても不思議ではないと、彼の選択を受け入れた。

岬が関西の大学へ進学すると言い出したときは、遅かれ早かれ親元を離れるときが来るだろうと思っていたので、彼女の考えを尊重した。元々、自分のことは何でも自分でする自立した子だ。一人暮らしも問題ないだろうと安心して送り出した。

親が思うよりずっと、子どもはあっさりしている。テレビの収録を終えて帰宅すると、岬はすでに神戸に向かった後だった。

「さわこ先生、出版社から今月分のファンレターが届いてますけど、どうします？」

「手が空いたときに目を通すから、大切そうなものだけ付箋をつけて、そこに置いといてくれる」

「はい、わかりました」

最初のファンレターを手にしたときの感激はすでに忘れている。届けられるファンレターに目を通すこともなくなって久しかった。

料理教室は、半年先まで予約で一杯。サイン会やトークショーは、告知されると同時に申し込みが殺到した。レギュラー出演している料理番組の視聴率が好調だと聞いても、出す本、出す本が軒並みベストセラーになっても、驚くことはなくなった。

佐和子は、料理研究家榎本さわこに憧れる女性たちがどれほどいるのか把握していなかった。印税や監修を務める商品のライセンス料が振り込まれるたびに、相当数の人が榎本さわこ関連グッズを購入してくれていることは理解できた。でも、一人ひとりの女性に思いを寄せることはなかった。

サイン会やトークショーで目を輝かせるファンの女性たちはみんな同じ顔に見えた。

「さわこ先生の大ファンなんです。今日はお目に掛かれて光栄です」

こんな言葉を掛けられれば、嬉しくないはずはない。でも、それが日常になると、ありがたみも薄れていく。

それでも、

「今日は、ありがとうございます。気をつけて帰ってね」

最高の笑顔で応えることは忘れなかった。

「この前の料理教室にも参加しました」と言われても、顔も名前も覚えていない。

もちろん、ファンの期待を裏切らない術は身に付けている。

「まあ、嬉しい！　また、来てくださったの。よく覚えてますよ」自然に、こんな台詞が口をついて出てきた。


「ビジネスクラスって、一体どんな人が乗るのかしら」

新婚旅行でハワイに行ったとき、修一と話したことを薄《うつす》らと覚えている。ビジネスクラスで海外に行く機会など永遠にないだろうと思っていた。

しかし、料理研究家としての地位を確立し、海外取材に行くようになると、用意されていたのはビジネスクラスのチケットだった。到着した空港では専用の車と通訳に迎えられる。高級レストランでは、なかなか会うことなど叶わない一流シェフとの対談がセッティングされ、高級ワインを味わうことができた。

仕事とはいえ、すべてテレビ局や出版社がお膳立てしてくれる大名旅行。癖にならないと言ったら嘘になる。いつしか、移動はグリーン車かビジネスクラス、滞在は高級ホテルが当たり前になっていた。

豪邸と言われる自宅での一人暮らし。ふとしたときに寂しさを感じることもある。夜、ひとりになると、夫や子どもたちはどうしているだろうと考えることもあった。

ただ、テレビや雑誌などの撮影に追われ、CM契約しているメーカーとの打ち合わせやキッチングッズの開発に伴う仕事がひっきりなしに入っていることが幸いし、そんな気持ちもすぐに消え去っていく。

撮影も、打ち合わせも、すべて佐和子中心に進められた。佐和子の考えや意見が尊重され、人々は従った。多くの人たちが、料理研究家榎本さわこのために動き、榎本さわこの発言に一喜一憂する。一人の人間として大勢の人たちから必要とされているという実感とファンの女性たちの羨望の眼差しは、家族との生活では決して得ることのできない高揚感をもたらしてくれた。

「はい、本番いきます。三十秒前……。二十秒前……。十、九、八、七、六、五秒前、四、三……」キュー！　フロアディレクターの声が響くスタジオにいるときのある種の興奮と緊張は、一度味わうと手放したくなくなる快感を伴っていた。

料理研究家になるまで、自分はずっと傍観者だった。踊りの輪の中に入ることもなければ、神輿を担いだこともない。祭り囃子に合わせて踊る人たちや年に一度の祭りに血が騒ぐと張り切る人たちの気持ちもわからなかった。

しかし、人気料理研究家となった今、自分を中心とした輪ができている。料理教室やサイン会でファンの女性たちに囲まれると、自分が主演女優であるかのような気分になった。アシスタントや編集者が自分のためにかいがいしく働く姿に、得も言われぬ喜びを感じた。輪の中心から踊る人たちを眺めることで知ってしまった恍惚《こうこつ》と充実。その虜になったとしても不思議ではないだろう。

「さわこ先生」と呼ばれるたびに強くなる自尊心。値段を気にすることなく買い物ができる面白さ。最新の設備が整ったキッチンで思う存分料理ができる今の環境を失うことなど考えられなかった。

チラシ片手に特売品を買いに走ったあの頃には、もう戻れない。

岬と海人を連れて、大荷物を抱えて電車やバスに乗ったことも、夫の給料日を前に、何度も財布の中を確認したことも遠い昔の出来事のようだった。

キッチンスタジオが完成し、そこで料理をする姿がメディアで頻繁に紹介されるようになると、さわこ人気は最高潮に達する。ある女性誌がおこなったアンケートでは、憧れの女性ベストテンに名を連ねた。

スケジュール表は常に真っ黒。「隠岐の島に集合して、たまには家族四人で過ごさないか」夫からの誘いにも心が動かない。仕事を理由に断わった。

女性たちの憧れの的であり続けたい。自分を必要としている人たちの期待に応えたい。いつしか、佐和子は、料理研究家を天職だと思うようになっていた。

「一粒何百円もするチョコレートや高級食材なんて送ってこなくていいから」

母はときどき電話を寄越す。

でも、そのたびに、苦労して育ててくれた両親においしいものを食べて欲しくて送っているのに、なんでそんなに遠慮するのかしら、と首をひねった。

＊

つい一時間ほど前に目撃した修一と美香子の浮気を、他人事のように捉えている自分に佐和子は驚いていた。修一が単身赴任をしているマンションを出るとすぐタクシーを拾い、空港に向かった。

一瞬、頭に血が上ったのは確かだったが、冷静さを取り戻すまで、そう時間は掛からなかった。修一の妻であるより先に、料理研究家榎本さわことしてどう対処すべきかを優先させていた。

空港に着いて、チケットカウンターに急いでいると、

「榎本さわこ先生ですよね」と声を掛けられた。

「はい、そうですけど」

パブロフの犬のごとく、満面に笑みを浮かべて答えた。

「わー、私、先生の大ファンなんです。レシピ本、全部持ってます」

「まあ、嬉しいわ」と答え、写真撮影に応じた。

「さわこ先生の売りは、家族を何より大事にする普通の主婦だってことなんですよ。女性たちが自分たちの代表であるさわこ先生に憧れているのを、くれぐれも忘れないでくださいね」

以前、広告代理店の担当者から念を押されたことを思い出す。世間に知られなければ、修一と美香子の関係など大した問題ではないように思えた。

羽田までのフライトはあっと言う間だった。

到着ロビーから外に出ると、迷うことなくタクシーに乗り込み、「自由が丘まで」と運転手に告げる。公共交通機関を利用して移動する気にはなれなかった。

羽田空港から京急電鉄で品川に出て、そこで山手線に乗り換える。さらに渋谷で東急東横線に乗り換えて、最寄り駅の自由が丘へ。そんな選択肢は、いまの佐和子にはあり

得ない。

自宅に戻った佐和子は、誰もいないキッチンスタジオで、自分に言い聞かせるようにある台詞を繰り返す。

「特別なことをしているわけではないのよ。夫や子どもたちがおいしいって言ってくれるのが嬉しいだけ。みなさんだってそうでしょ。愛する人に食べてもらいたい、大切な人の笑顔が見たいって思うでしょ」

目を輝かせて頷くファンの女性たちを思い浮かべる。

「いつもはお弁当箱を空にして帰ってくる息子が食べ残していると、『体調が悪いのかな、学校で何かあったのかな』って気になるし。お菓子好きな娘がおやつを食べなくなると、『恋でもしてるのかな』って心配する。こんな風に、お料理って、家族の変化に気づくバロメーターなのよね。だから、食べることを大切にしたいっていう気持ちがどんどん強くなって、料理もどんどん好きになるの」

榎本さわこであり続けるための台詞がきちんと頭に入っていることに安堵すると、明日の撮影に関する洋子からのメールを急いでチェックする。

そして、数分後、

「明日の撮影、夫と子どもが好きな鯵の南蛮漬けを追加したいので、朝一で小ぶりの鯵を手配してください」と返信した。

＊

「段取りはすべてこちらで整えますので、さわこ先生はただにこやかにゲストのみなさんと語らっていただければ、それだけで結構ですから」

打ち合わせの席で、パーティーを企画してくれた広告代理店と出版社の宣伝担当者から告げられた。

著書の累計発行部数が二百万部に達した記念のパーティーを、抽選で選ばれた読者の代表、クライアント、メディア関係者など、五百人ほどのゲストを招いておこないたいと打診された。二カ月ほど前のことだった。読者からの反響が大きかったレシピをホテルのシェフが再現するという畏れ多い演出も、ゲストへの招待状も、すでに編集の山上仕切りで着々と進められているらしい。

「当日は、何を着たらいいのかしら?」

マリと洋子に相談した。

そんな大規模なパーティー、出席したことがない。ましてや、自分が主役ともなると、それに相応《ふさわ》しいドレスを身に着けなくてはならない。

ユリ子に車を運転してもらい、マリと洋子を伴ってデパートに向かう。四人でデパート中を見て回り、グッチの新作だという黒のロングドレスを購入する。

「これなら品もいいですし、どこに出ても恥ずかしくないと思いますよ」

マリのひと言が決め手になった。

パーティー当日、会場となるホテルのボールルームに到着すると、そこは、豪華な祝い花で埋め尽くされていた。

「本日はおめでとうございます」

声を掛けられるたびに、自分はこんなにもたくさんの人たちに支えられて今日の日を迎えられたのだと、胸が熱くなった。

滅多に着ない着物ではるばるやってきた母も満面に笑みを浮かべている。ステージ上からVIP席に座る母の満足そうな表情が見えた。父にも、夫や子どもたちにも、今日の晴れ姿を見て欲しかった。でも、みなそれぞれに仕事や学校がある。

ほかの家族の分も、母がパーティーを楽しんでくれたらそれで十分。来賓代表の祝辞に耳を傾けながら、料理研究家としてデビューしてからの充実の日々を振り返っていた。

パーティーの興奮が冷めやらないまま一週間が過ぎた。

キッチンスタジオで佐和子がビーフシチューを煮込んでいると、週刊誌片手にマリが慌てふためいて飛び込んできた。

どこまでが真実でどこまでが作り話かは定かではないが、関係者の話として、修一が帰京するたびに、神泉のホテルで美香子と逢瀬を繰り返していると書かれていた。

関係者って、一体誰だろう？　考えたが思い浮かばなかった。

マリと洋子にカートを押してもらい、都心の高級スーパーで買い物をする姿を見た人の中に、嫌悪感を抱く人がいることもはじめて知った。高級ホテルでのパーティーやサイン会で注がれる羨望の眼差しの陰で、よく思っていない人も少なからずいたらしい。

しかし、このスキャンダルがどんな意味を持つのかも、サイレントマジョリティーと言われる人たちの存在も、仕事に与える影響も、佐和子は十分に理解できていなかった。

スクープ記事が出た三日後、国民的人気で一世を風靡した大物演歌歌手が急逝した。ワイドショーはすべてその演歌歌手を偲ぶ特別番組となり、佐和子一家の話題はあっという間に消え去った。

しかし、ネット上では榎本さわこに関する投稿が増え続け、拡散され続けていた。

「家族が一番大事なんて言いながら、高級ホテルのパーティーで女王様気取りとは開いたロがふさがらない」「夫は単身赴任先から東京に戻っても、愛人宅に直行して、自宅には戻らないらしい」「子どもが喜ぶお弁当なんて嘘っぱち。子どもたちは、毎日コンビニ弁当を持って学校に行っていたようだ」「雰囲気にだまされていたけど、味は普通以下」「よく見れば大した料理じゃないし、誰でも作れるものばかり」「普通の主婦なんて言いながら、運転手付きの高級車でアシスタントを引き連れて都心の高級スーパーで食材や調味料を買い漁っているなんて信じられない」など、佐和子を非難する投稿は、とどまるところを知らなかった。

テレビ局や出版社は、視聴者や読者からのクレームに敏感にならざるを得ない。対応を誤れば、大事《おおごと》に発展する。スクープ記事が出た一週間後には、レギュラー出演している料理番組からの降板が決まり、翌週から撮影がはじまる予定だった新しいレシピ本の企画が無期延期になった。

無名だった佐和子を発掘し、雑誌の連載からはじまって、レシピ本出版までのすべてを取り仕切ってくれた盟友、編集者の山上からも厳しく注意を受ける。

「さわこ先生、料理研究家は主婦を敵に回したら終わりです。もし、ご主人の愛人問題や、お子さんたちが母親を嫌って家を出たというのが本当でしたら、取り返しがつきません」

私が何をしたっていうの？

佐和子は、自分の身に起こったことを受け止められずにいた。

スキャンダル記事が出た日を境に、状況は一変する。潮目が変わったように新たな仕事が入ってこなくなった。監修しているキッチングッズの売り上げも急降下し、在庫がなくなった時点で契約を終了したいと代理店から申し出があった。

「どんなにちやほやされても調子に乗ってはいけない」「分不相応な暮らしをすると、いつか足をすくわれる」母から折に触れて言われていた。

途絶えることなく人の出入りがあったキッチンスタジオからも人影が消え、ついには、アシスタントのマリと洋子、マネージャーのユリ子が「辞めたい」と言い出した。

「退職金が出るうちに辞めた方がいいってアドバイスされて」マリが肩をすくめた。

暗に退職金を要求しているってことなのだろうか。一番の理解者であり、味方だと思っていた三人の変わり身の早さに面食らった。

「金の切れ目が縁の切れ目」父の言葉を思い出す。

佐和子は、自分が一人の人間としてではなく、商品として見られていたことに遅ればせながら気がついた。窮地に立たされたとき、親身になって相談できる人がいなかった。

「ママ、今日の夕ご飯なあに？」

岬と海人は、自分が作る夕ご飯を誰よりも楽しみにしてくれていた。

最後に、家族のために食事を作ったのはいつだっただろうか？

思い出せなかった。

料理研究家榎本さわことしての日々を享受する代わりに手放してしまった何か。大切なものを自ら遠ざけてしまっていた。

誰もいないキッチンスタジオで一人ボーッとしていると、
ピンポーン！

突然、玄関のチャイムが鳴った。

どうせ招かれざる客だろう。

恐る恐る、玄関先の様子を映し出す小さな画面を見た。

どうして、彼女がここに？

躊躇いながら、念のため訊ねる。

「どちらさまでしょうか？」

インターフォン越しに懐かしい声が聞こえてきた。

「武蔵小杉のマンションでお世話になっていた水戸です。海人君の同級生の水戸直也の母親の。突然、ごめんなさいね。ちょっと、近くまで来たもので、どうしてるかなと思って」

スキャンダルを知って、興味本位に訪ねてきたのかもしれない。

そんな思いが脳裏をかすめる。

しかし、水戸智恵子が一人だったので、佐和子は扉を開けた。

「榎本さん、すっかりご無沙汰してしまって。これ、私が握ったおにぎりなんだけど、よかったら食べて」

智恵子が紙袋を差し出した。

突然の訪問と、手渡されたおにぎりに戸惑ったが、智恵子の気さくな物言いと化粧っ気のない笑顔に警戒心が緩んでいく。

「よかったらどうぞ。どうせ一人なので」

智恵子をキッチンスタジオに招き入れた。

一瞬、たじろいだ様子だったが、

「すぐに失礼するのでお構いなく。料理研究家の先生におにぎりの差し入れも何だかなとも思ったんだけど、ちゃんと食べてないんじゃないかなって気になって。腹が減っては戦ができぬって言うでしょ。お節介だってわかってるんだけど」

智恵子は照れくさそうに笑った。

「近くに来たもので」なんて言いながら、スキャンダルの渦中にいる佐和子を心配してわざわざ来てくれたのだろう。そんな気がした。

智恵子は、佐和子が淹れたお茶を二口ほど飲むと、

「人生って、いろいろあるけど、案外何とかなるものだから、あまり難しく考えない方がいいわよ」と言い残し、早々に帰って行った。武蔵小杉から引っ越してきて早四年。その存在さえも忘れていた人の思いがけない訪問だった。

手渡された紙袋の中には、小さなカードが入っていた。

「佐和子さんへ
お弁当屋のおばさんが握った塩鮭入りのおにぎりを食べて元気を出してください。私が作るお弁当、結構、評判いいのよ（笑）。
お節介な元隣人、水戸智恵子」

遠足の前日、智恵子とスーパーで交わした会話を思い出す。

「ウチは、家族四人みんな塩鮭のおにぎりが大好きなの。だから、遠足も運動会も、お

にぎりの中身は塩鮭って決まってるのよ」

「私も塩鮭が一番好き。でも、ウチの直也はおかかとツナマヨネーズが好きなのよね」

智恵子はそのときのことを覚えていてくれたのだろう。

ピンポーン！

再び玄関のチャイムが鳴った。

「榎本さん、宅配便です」

受け取った荷物を開けると、中にはメモが同封されていた。

「佐和子へ
ご飯、ちゃんと食べてますか。あなたの好きな鯵の干物を同封するので、焼いて食べなさい。それから、たまには帰ってきたら。おとうさんと二人で待ってるから。
母より」

母が送ってくれた鯵の干物を焼き、熱いお茶を淹れる。

智恵子が握ったというおにぎりを頬張ると、遠くで気に掛けてくれている人がいたことがありがたくて、目頭が熱くなった。

岬と海人は、ちゃんとご飯を食べているだろうか。夫は、今度、いつ帰ってくるのだろう。家族四人で食卓を囲んだ日に思いを馳せる。

誰も訪ねてくる人がいない一日は途轍もなく長い。真っ黒だったスケジュール表には、キャンセルの文字が並んでいる。快適だったはずのキッチンスタジオが、やけに広く感じられる。

孤独な時間が流れていく。

日が傾き、キッチンスタジオが茜色に染まると、これから、自分はどうなるのだろう。不安で胸が潰れそうになった。

何もすることがない翌朝、一人の時間を持て余してテレビのスイッチを入れると、アップになった女性の自信に満ちあふれた笑顔に目が釘付けになる。

もしかして、今日って木曜日……。

状況を受け入れるのに、しばらく時間が掛かった。

橘リョウコが出てるってことは、彼女にレギュラーの座を奪われたってこと?

「さわこ先生、これからもよろしくお願いしますよ」

この間のパーティーで番組のプロデューサーから声を掛けられたばかりだった。

「これを見てください。さわこ先生が出演する日は、番組公式サイトへのアクセス数が上昇するんです」

前回の収録のとき、ディレクターから折れ線グラフを見せられた。

画面の向こう側にいる橘リョウコのさわやかな笑顔が不敵な笑いに思える。抑えがたい悔しさ。橘リョウコにだけは負けたくなかった。

「はい、本番いきます」

フロアディレクターの声が響くスタジオの興奮と緊張を思い出し身悶える。

カメラが捉える先にいるのは橘リョウコではなく榎本さわこでなくてはならない。自分がいたはずの場所を簡単に彼女に明け渡すわけにはいかなかった。

「来週も橘リョウコ先生に登場していただきますが。先生、次回は何を?」

「はい、来週はレモン風味のさっぱりチキンソテーを紹介します」

「それは楽しみですね」

MCと橘リョウコのやり取りが続く一方で、佐和子は……。

人気《ひとけ》のないキッチンスタジオで自分に言い聞かせる。

私は、女性たちの憧れの的。

料理研究家は、私の天職。

きっと、またすぐにあちら側に行ける。

よっし!

ブラウスの袖をまくると、ファンの女性たちから絶大の人気を誇った特製ハンバーグのタネを、佐和子は一人躍起になってこねはじめた。

エピローグ

パパがママの同級生の美香子さんと不倫していること。海人とわたしがママを嫌ってあのウチを脱出したこと。家族が誰一人いない豪邸で、ママが家族思いの主婦を演じ続けていることを週刊誌にリークしたのはわたし、だということを誰も知らない。

なぜ、そんなことをしたのかって？
マスコミに踊らされて調子に乗っているママに目を覚ましてほしかった。
ただ、それだけ。

わたし、何か悪いことしたかかな？

本書は二〇一七年十月に小社より単行本として刊行された
『ざわつく女心は上の空』を改題、加筆修正をしたものです。

双葉文庫

こ-30-03

彼女《かのじょ》が私《わたし》を惑《まど》わせる

2021年10月17日　第1刷発行

【著者】
こかじさら

【発行者】
箕浦克史
【発行所】
株式会社双葉社
〒162-8540 東京都新宿区東五軒町3番28号
［電話］03-5261-4818（営業部）　03-5261-4831（編集部）
www.futabasha.co.jp（双葉社の書籍・コミックが買えます）
【印刷所】
大日本印刷株式会社
【製本所】
大日本印刷株式会社
【カバー印刷】
株式会社久栄社
【DTP】
株式会社ビーワークス

【フォーマット・デザイン】
日下潤一

ISBN978-4-575-52507-6 C0193
Printed in Japan

双葉文庫　好評既刊

負けるな、届け！

こかじさら

リストラに遭い、崖っぷちに立たされたアラフィフのかすみが這い上がるきっかけは、東京マラソンでランナーを応援する友人の姿だった。読めば元気がもらえる応援小説。

双葉文庫　好評既刊

それでも、僕は前に進むことにした

こかじさら

広告制作会社で働く勘太郎は「網膜色素変性症」という難病を告知される。絶望の日々を生きていたが世界的メーカーのコンペが開催されることを知り……。

双葉文庫　好評既刊

さらさら流る

柚木麻子

かつての恋人に撮られた自分のヌード写真がネットに流出していた。偶然発見した菫は、写真消去のために必死に動きながら、元恋人との日々を思い起こすが……。